初心的力量

精神的力量系列丛书

JINGSHENDELILIANG XILIE CONGSHU

武景生 主编

山东城市出版传媒集团·济南出版社

图书在版编目（CIP）数据

初心的力量 / 武景生主编. —济南：济南出版社，
2021.7

（精神的力量系列丛书）
ISBN 978-7-5488-4760-1

Ⅰ.①初… Ⅱ.①武… Ⅲ.①革命故事－作品集－中国－当代 Ⅳ.①I247.81

中国版本图书馆CIP数据核字（2021）第154231号

出 版 人	崔　刚	
选题策划	胡长粤	
责任编辑	李　媛　刘秋娜	
插画作者	张培海	
装帧设计	胡大伟	

精神的力量系列丛书：初心的力量　　武景生　主编

出版发行	济南出版社	
地　　址	济南市市中区二环南路1号（250002）	
发行电话	（0531）86922073　67817923	
	86131701　86131704	
经　　销	各地新华书店	
印　　刷	济南升辉海德印业有限公司	
印　　次	2021年9月第1版第1次印刷	
成品尺寸	170mm×240mm　16开	
印　　张	7.75	
字　　数	86千	
定　　价	32.00元	

（济南版图书，如有印装质量问题，请与印刷厂联系调换）

岁月不居　精神不朽

（代　序）

习近平总书记强调："革命传统教育要从娃娃抓起，既注重知识灌输，又加强情感培育，使红色基因渗进血液、浸入心扉，引导广大青少年树立正确的世界观、人生观、价值观。""对我们共产党人来说，中国革命历史是最好的营养剂。多重温我们党领导人民进行革命的伟大历史，心中就会增添很多正能量。"

一寸山河一寸血，一抔热土一抔魂。中国共产党有着光荣的革命历史传统，革命文化波澜壮阔，革命故事十分丰富。革命故事承载着红色历史，铭刻着红色记忆，流淌着红色血脉，凝结着红色传统。长征时期，红军战士周广才宁肯忍饥挨饿也要将半截皮带留下来，带着它"去延安见毛主席"。藏族女红军姜秀英爬雪山时，受伤的脚趾被冰雪冻坏，为跟上部队行动，她从老百姓家中借来斧头，忍痛将溃烂的脚趾砍掉。"长征路上不掉队"的故事，展示着信仰的力量，表达了一心跟党走的坚定意志。还有广为流传的半条被子、永不消逝的电波、砸掉门牙送情报、断臂走长征……这些革命故事里有如磐的初心、如山的信仰，有精神的谱系、制胜的法宝，有我们党的红色基因，体现着党的理想信念、性质宗旨、铁的纪律、政治本色，是我们党区别于其他政党的显著标志。

一位哲人说过，历史中有属于未来的东西，找到了，思想就永恒；传承下来，发展就永恒。一段段改天换地的红色征程，一个个感天动地的革命故事，不仅蕴藏着中国共产党"从哪里来"的密码，也指引着中国共产党"走向何方"。讲好革命故事，就像打开一扇窗户，让人们了解那段红色历史，做到爱党爱国；也像种下一粒种子，让人们在内心激发情感认同，赓续红色基因、传承优良传统。

岁月不居，精神不朽。当我们挖掘、讲述、传播这些革命故事时，里面蕴含着的炽热精神仍在温暖、激励、指引着我们奋勇前行。讲好革命故事，坚定理想信念，并不仅仅为了致敬历史，更为了传承红色基因，启示未来。这是我们的初心和使命！

编 者

2021 年 8 月

目 录
CONTENTS

真理的探索者

瞿秋白，1899年1月出生于江苏常州，是一个从小在苦水里泡大的孩子。在中学读书时，他就已经渐渐地懂得忧国忧民。青年时期的瞿秋白，面对内忧外患的中国，他立志要开辟"一条光明的道路"，为实现救国救民的光辉事业奋斗献身。

1920年秋，瞿秋白以北京《晨报》特约记者的身份赴苏俄采访，所发回的《饿乡纪程》是最早系统地向中国人民介绍苏俄情况的新闻报道，后来他又开始研究中国文字拉丁化的问题。同年9月，他兼任莫斯科东方大学中国班的教员。1922年2月，瞿秋白在张太雷的介绍下加入中国共产党。在苏联期间，瞿秋白先后出席了远东各国共产党及民族革命团体第一次代表大会和共产国际第三次、第四次代表大会；先后两次与革命导师列宁交谈，使他真正认识到了什么才是真理，这为他确立共产主义信念打下了坚实的基础。

1923年1月，瞿秋白从苏联回国后，担任中共中央机关刊物《新青年》《前锋》主编和《向导》编辑，发表了大量的论文，致力于马克思主义在中国的传播和研究工作，为党的思想理论建设做出了重大突出的贡献。瞿秋白成为共产国际代表与中共中央之间进行联系的重要纽带。同年7月，瞿秋白与邓中夏一起创办了共产党的第一所培养革命干部的地方——上海大学社会学系，他担任教务长兼社会学系主任。其间，瞿秋白认识了杨之华，在瞿秋白的介绍下，杨之华加入中国共产党。他对杨之华说："没有共产党，就没有真理，你愿意加入中国共产党是完全正确的，我愿意介绍你入党。"后来，杨之华成为瞿秋白的妻子。

1927年4月，蒋介石发动了"四一二"反革命政变。4月27日，瞿秋白在中国共产党第五次全国代表大会上，把自己写的《中国革命中之争论问题》发给了每位代表，并坚定地说："我要做一个布尔什维克，我将服从真正的列宁主义纪律，我可不怕皇帝制度的斩首……"在当时，说这些话是需要勇气的。在这次会议上，瞿秋白当选为中央委员，随后担任中央政治局委员、常委。7月15日，汪精卫公开同共产党决裂，第一次大革命宣告失败。在关系到党生死存亡的危急关头，瞿秋白在湖北汉口主持召开了著名的八七会议。这次会议选举年仅28岁的瞿秋白为中共中央临时政治局委员，新的中央领导机构——中共中央临时政治局成立。这次会议在中国共产党的历史上是一次重要的转折点。

1934年初，瞿秋白到达瑞金中央苏区，担任中华苏维埃共和国中央政府教育部部长和《红色中华》报社社长兼主编等职。同年10月，中央红军开始长征后，瞿秋白受命留在苏区同国民党坚持斗争。1935年2月，国民党对中央苏区进行"搜剿"，瞿秋白在福建长汀被捕。被捕后，他写下了《多余的话》，总结了自己参加中国革命的经历。由于叛徒的出卖，瞿秋白的身份被暴露。面对敌人的严刑拷打和威逼利诱，瞿秋白痛斥国民党反动派的罪恶暴行。敌人见得不到任何机密，就根据蒋介石的手令，将瞿秋白带到福建长汀中山公园刑场。就义前，他大义凛然，一路高唱《国际歌》，并对行刑者笑着说"此地甚好"。他的淡定从容表现了一名共产党员的忠贞信念和为革命不怕牺牲的精神。

3

艰难追寻为入党

　　1915年底，朱德心怀救国救民的理想，全身心地投入到革命大潮之中。他参加了讨伐袁世凯的护国战争，在蔡锷部下任团长，后积功升为少将旅长。蔡锷病逝后，形势发生了变化。滇军变为军阀谋取私利的工具，他们相互争斗，"革命"的性质改变了，朱德所抱的救国救民的希望一步步破灭。

　　国势日衰，纷争频仍，外辱日甚，怎样才能救国救民？朱德苦苦思索，陷入彷徨和苦闷之中。

　　十月革命的一声炮响，给中国送来了马克思主义，让迷茫彷徨在黑暗中探索的朱德看见了曙光，看见了希望。他兴奋不已，毅然辞掉滇军混成旅旅长的职务，抛弃了荣华富贵，踏上了寻找新的生活、寻找革命真理的征程。

　　1922年6月，朱德乘船来到重庆。正在扩军备战企图霸占全川的四川督军刘湘和重庆警备司令、川军第二军军长杨森，听说朱德有出类拔萃的军事指挥才能，就想以师长的官职拉拢他。杨森特意安排了一场盛大的欢迎仪式，亲自到码头迎接朱德。为了能留住朱德为其所用，刘湘、杨森二人采取各种手法拉拢：宴席、名酒、麻将、歌舞……端午节时，刘、杨二人亲自陪朱德看龙舟赛。令刘湘、杨森想不到的是，朱德丝毫不为高官厚禄、荣华富贵所动，心中始终装着那份理想，并坚定地踏上了继续找寻之路。

来到上海后，朱德会见了共产党总书记陈独秀，向他提出加入中国共产党的申请。朱德旧军队将军的经历使陈独秀怀疑朱德的入党动机，他对朱德说："要参加共产党，就必须以工人的事业为自己的事业，并且准备为它献出生命，像你这样的人，需要长时间的学习和真诚的申请。"

朱德没有想到自己的真诚申请被误解，大失所望，犹如被当头浇了一盆冷水。但是，这冷水并没有浇灭朱德找党、找真理的热情。

1922年9月的一天，朱德踏上由中国上海开往法国马赛的"阿尔及利亚"号轮船。他决心前往欧洲寻找真理，又一次踏上了找党的征程。轮船劈波斩浪行驶在大西洋上，无垠的大洋无法阻断朱德找党的热情，刚毅坚定的他决定到马克思主义的故乡去探寻救国救民的真理。

同年10月，朱德辗转到达巴黎。在这陌生的国度里，他四处打探党的组织。功夫不负有心人，经过艰辛找寻，他打听到一个令他欢欣不已的消息：周恩来、陈毅、聂荣臻、李立三、李富春、蔡畅等留法勤工俭学的中国学生建立了"中国共产党旅欧总支部"。但是此时，组织者周恩来已到德国柏林组建新的支部去了。为了尽早实现个人愿望，朱德迫不及待地希望见到周恩来，他乘上火车，星夜兼程地从巴黎赶到柏林。

当朱德怀着紧张的心情来到周恩来的住处时，周恩来热情地接待了他。"请告诉我，有什么事情需要我帮助？"周恩来亲切地问候，平易近人的话语使朱德深受感动。他站起身来，怀着激动的心情，详细介绍了自己的身份、经历及找党的愿望。周恩来被这名追求真理的军人所感动，两人畅谈救国救民的理想，朱德提出了志愿加入中国共产党的请求，表明了自己参加共产党、献身共产主义事业的决心。周恩来热情地接受了朱德的申请，自愿介绍他加入中国共产党，作为秘密党员，在未获国内批准前，算是预备党员。

1922年11月，朱德光荣地加入中国共产党。从此以后，他便以一个共产主义战士的崭新面貌，投身于中国革命的滚滚洪流之中，为党的事业默默地奉献自己的忠诚与执着。在几十年的革命生涯里，朱德将自己的一生献给了党。

回顾那段历史，朱德曾满怀深情地回忆道："我当时真是高兴极了。从此，我抛弃了'旧我'，开始了最有意义的革命新生。"

入党在危时

1924年夏天，徐特立结束法国留学后回国，继续在长沙办教育。当他看到家乡办起农民协会时，他积极参与湖南省农民协会的工作，担任教育科科长，兼任湖南农民运动讲习所主任。

1927年4月12日，大革命部分失败。共产党人和革命工农遭到新军阀的血腥镇压和残酷屠杀。同年5月21日，"马日事变"在长沙发生，整个湖南处在一片白色恐怖之中。

那时，夏斗寅叛变，从长沙去武汉的铁路不通，湖南省委书记李维汉虽已交卸职务，但仍然滞留长沙。出于时局需要，李维汉在黎尚瑾的掩护下，住到了距离长沙10千米远的黎家隐蔽。此时，徐特立也正好逃出长沙，住到了黎家。

危难时刻，徐特立和李维汉见面后，十分高兴。

黎家是个大地主之家，在其堂屋里，挤满了当地的一些土豪劣绅。见此情景，徐特立和李维汉看在眼里，急在心上，他们一起回顾了在国内外时的情景，深入地交换了对大革命的看法。

就在这时，李维汉突然问徐特立愿不愿意加入共产党。

沉思片刻后，徐特立动情地说："共产党内都是年轻有为的人，我已经老矣，真想不到共产党会需要我这样的老古董。"

李维汉主动提出做他的入党介绍人。就这样，徐特立在革命处于低谷、党遭遇困难之时，毅然地加入中国共产党。加入党组织后，徐特立觉得自己"从此真正获得了新生"。

入党后，徐特立的信念更加坚定。一次，他在汉口碰到一位过去的老朋友，老朋友对他的行为感到十分不解，对他说："现在革命失败了，你还来干什么？给你一点钱，你快走吧！"

老朋友话音刚落，徐特立就很生气地回答道："革命成功的时候多一个人少一个人无所谓，正是因为革命失败了，我们才来干，逃跑算什么！"说话间，徐特立把钞票扔了满地。

之后不久，徐特立被党组织派到了南昌，一起参加了南昌起义，并与起义部队一起南下到达潮汕地区。

1928年5月，徐特立赴苏联学习，1930年12月回到祖国。

在中共苏维埃政权建设、二万五千里长征、抗日战争、解放战争、社会主义革命和建设过程中，徐特立总是乐观向上、积极进取，以身作则、率先垂范，信心满怀地为党奉献、为国操劳、为民服务，赢得了全国人民的敬佩和赞扬。

徐特立逝世后，董必武慷慨赋诗，赞扬徐特立一生：

晚节全持好，堪为我辈师。

救亡曾断指，入党在危时。

亲切长征伴，叮咛小集期。

何图竟永诀，魂梦郁哀思。

宁死不叛共产党

1925年秋天，罗瑞卿经任白戈引荐，拜访了吴玉章。他们见面后，吴玉章深情地对罗瑞卿说："人生在世，要做出一番对人民有益的轰轰烈烈的事业，如同小说、舞台上的英雄豪杰一样，他们一出来人人都高兴。"听到这句话以后，罗瑞卿备受教育和鼓舞。

1926年春的一天，南充中学校园内，国家主义派寻衅滋事，围攻了任白戈。受吴玉章思想的影响，罗瑞卿仗义执言、挺身而出，誓与国家主义派进行坚决的斗争。在斗争过程中，罗瑞卿巧妙应对，加上大批同学的帮助，他一出面就很快骇退了国家主义派。

斗争胜利了，可狡猾的国家主义派却识破了罗瑞卿的政治观点。从此以后，从不服输的罗瑞卿索性与任白戈一起加入士兵运动和工人运动。时间一长，罗瑞卿的外祖父发现了他参与工人运动的事情，十分生气，很快便与他断绝了关系，罗瑞卿也因此在毕业前夕被迫停止学业。

之后，罗瑞卿离开南充，踏上了艰难的革命之路。1926年10月间，罗瑞卿辗转来到重庆。当时，武汉中央军事政治学校正在组织招生，一心想知识救国的罗瑞卿找到王义标和任白戈，真诚地说：

"国家这么乱糟糟的，我看光靠写传单、发宣言是不顶用的，要搞军事，我要当兵。"任白戈听后感觉罗瑞卿说得有道理，于是他积极推荐介绍罗瑞卿，考取了军校，并与任伯芳一同介绍罗瑞卿光荣地加入中国共产主义青年团。

在校期间，罗瑞卿积极参加讨伐夏斗寅、围攻武汉贺胜桥等战斗，勇敢无畏，斗志顽强。尤其是在赶去参加南昌起义的途中被遣散后，罗瑞卿拖着疲惫的身躯回到武昌，在四川会馆病倒了，病情十分危急。但他对共产主义的信仰和革命的事业从来没有动摇过，病情稍有好转，他便拖着虚弱的身体，到处找党。

1928年夏，罗瑞卿的身体初愈，衣食无着。正在这时，军校时的熟人找到他说："投靠改组派吧，要不然就更没出路了。"听到同学的劝说，罗瑞卿气愤地说："我宁可冻死饿死，也决不背离共产党。"后来，历经种种磨难，罗瑞卿终于找到了党组织，并加入中国共产党。

此后的日子里，面对"飞行集会"中血的教训，他对任白戈坚定地说："蒋介石反革命靠的是枪，我们要革命也必须靠枪，毛泽东、朱德的道路无疑是胜利的道路。"

1928年底，罗瑞卿去苏区的申请终于获得了组织上的批准，从此，他踏上了枪杆子打天下的征程。

一张党员登记表

　　1927年4月12日和7月15日，蒋介石和汪精卫相继叛变革命，在一片血雨腥风中，共产党内的不坚定分子开始动摇。而此时，身为国民革命军第二十军军长的贺龙却下定决心：国民党已经叛变革命，中国革命现在到了危急关头，我贺龙要跟着共产党走革命道路。

　　同年7月23日，贺龙在九江见到了中共中央政治局委员谭平山，谭平山向他转达了中共中央政治局将在南昌举行武装起义的决定，并希望他能率领第二十军参加起义。当时，贺龙还不是一名共产党员。贺龙想，共产党将这么机密的事情告诉自己，这是一种多大的信任。他激动万分，当即表态："感谢党中央对我的信任，我贺龙坚决听从共产党的指示。"

　　7月28日，贺龙接到了南昌起义前敌委员会书记周恩来的起义计划。周恩来说："从现在起，党对你下达第一个命令，就是委任你为起义军总指挥！"贺龙听后，心中异常激动，他坚定地说："坚决执行共产党的命令。"

　　8月1日凌晨2时，南昌起义打响了第一枪。在整个战役中，贺龙指挥部队攻打敌军总指挥部和伪省政府，直至取得完全胜利。

凭着对共产党的无限崇敬和向往，贺龙曾多次提出入党申请，可由于他是军阀出身，所以还在接受党对他持久严格的考验。

在南昌起义中，贺龙英勇顽强、浴血奋战，他心中始终想的是共产主义事业。鉴于贺龙的坚定态度和良好表现，南昌起义结束后，周恩来向前敌委员会建议：应满足他要求加入中国共产党的愿望。

9月初的一天傍晚，一个激动人心的时刻终于到来。在江西瑞金锦江中学的一间教室里，张国焘为贺龙主持了庄严的入党宣誓仪式，谭平山和周逸群是贺龙的入党介绍人。周恩来在贺龙的入党宣誓仪式上说："贺龙同志积极追求真理，经受住了考验，是完全信得过的。"贺龙非常激动，他举起右手，面对鲜红的党旗宣誓。

仪式结束后，贺龙大声地说："为了这一天，我苦苦等待了十年，戎马生涯奋斗了十年。现在，我终于找到了政治归宿，我坚决保证，要终身听党的话，党叫我怎么干我就怎么干。我坚信，在党的培育下，我一定能成为一名坚定的共产主义者。"

现如今，那张写着贺龙名字、字迹模糊、纸张泛黄的党员登记表陈列在南昌"八一"起义纪念馆展柜里。它是贺龙在党的危急关头坚定不移地朝着光明、真理之路前行的历史见证。

千里寻党

1927年，蒋介石发动了"四一二"反革命政变，接着湖南军阀何键在长沙制造了"马日事变"。6月10日，汪精卫、唐生智等在郑州策划"分共"。在一片白色恐怖下，和黄克诚一起在北伐军中工作的共产党员纷纷离去。黄克诚一时感到有些迷茫，何去何从，他拿不定主意。他急盼着能得到党组织的指示，却总不见来人与他联系。于是，他决定自己去找上级党组织请示。

黄克诚先后去了汉阳、武昌、汉口、长沙、衡阳，可这些地方已完全笼罩在白色恐怖中，报纸上天天登载反动派杀害共产党员的消息，寻找党组织非常困难。最后，他只得先回老家永兴县，那里熟人多，他希望能找到当地的党组织，再设法与上级党组织取得联系。

黄克诚回永兴县不久，就与当年"永兴旅衡学友互助社"的李卜成等七八个人取得了联系。通过他们，他又找到了湘南特委派到永兴担任特支委书记的向大复。找到了组织，黄克诚非常高兴。

同年12月底，向大复主持召开中共永兴特别支部扩大会议，传达中共临时中央做出的组织工农武装暴动的决议。根据决议，中共永兴特别支部决定立即组织农民武装暴动。由于条件不成熟，不到半年时间暴动就失败了。担任永兴赤色警卫团党代表兼参谋长的黄克诚，上了反动当局悬赏捕杀的名单。他和县委委员、宣传部部长李卜成决定暂回村中潜伏，进一步了解情况，设法寻找党组织，但还是一无所获。在这种情况下，黄克诚和李卜成决定离开家乡，到外地去寻找党组织。

1928年10月初的一天，黄克诚和李卜成离开家乡，来到武昌，两人在一家小旅馆住下。第二天，他们去逛大街，希望能碰到熟人，设法寻找党的关系。但是，他们转了三四天也没有碰见一个熟人，手头的钱也不多了，不便在武昌多留，就决定前往南京。两人买了价格最低的船票，经过三天两夜的航行到了南京。

刚到南京，他们就打听到有个叫曹日晖的永兴同乡现在是国民党军队中的团级军官，在南京有公馆，他们决定去找他帮忙。一见面，曹日晖就十分惊愕地说："你们真好大的胆子！竟敢到南京来！这里正在到处通缉你们。前不久，曹福昌逃到南京，当即被人告发，枪毙了。你们赶快离开！"黄克诚和李卜成随即离去。

他们在南京待了数日也没有找到党组织，就来到了上海。黄克诚和李卜成是第一次来上海，人生地不熟。晚上，他们在一个小店里租了一张床位过夜。就这样过了一个多月，他们也没有同党组织取得联系。

一天，黄克诚在报纸上看到湖南籍留日学生黄璧在上海兵工厂炮弹部任主任，就写信请求他帮助。几天后黄璧回了信，约他到厂里面谈。黄克诚喜出望外，立即赶到兵工厂，找到黄璧的办公室。可是落座没谈几句，就有人来找黄璧，黄璧便委托一位亲戚和黄克诚继续谈。黄克诚一见来人，心里咯噔一下，真是不是冤家不聚头，此人名叫邓丰立，原是湖南桂阳县北鸦山村有名的大恶霸。

邓丰立与黄克诚寒暄了几句后，就问黄克诚如何当的兵。

黄克诚竭力保持镇静，装作素不相识的样子同他周旋，佯称自己曾在湘军程潜部当过下级军官，后部队被缴械流落到上海。

"永兴县的黄克诚你认识吗？"邓丰立突然问道。

"过去在家读书时认识的。"黄克诚沉住气淡淡答道。

"黄克诚现在在什么地方，你可知道？"邓丰立又问道。

黄克诚从容地说："我离家出来当兵多年，从没有同他联系过，不知道他后来怎么样了。"

邓丰立恶狠狠地说："黄克诚是杀人放火的共产党'头目'！"

黄克诚佯装惊讶道："啊！他那样的文弱书生竟然会是共产党？真是出人意料。"

邓丰立接着说："他领头在我们那一带搞暴动，当局正在通缉他。我如果找到他，决不轻饶！"

黄克诚随声附和道："他那样的人也会搞暴动，真是看不出来。"接着他话题一转，询问起邓丰立一家人的情况，并问他，"黄璧先生什么时候回来？"

邓丰立说："今天他不一定能回来。"

黄克诚顺势说道："既然黄先生公务繁忙，那我改日再来拜访，今天告辞了。"说完，黄克诚站起身来就往外走，邓丰立一直送到门口才回去。黄克诚这时才松了一口气，飞快地离开了兵工厂。

此后不久，黄克诚听说曾和他一起在北伐军里做政治工作的曹勤余家住在上海法租界，就去找他。当时曹勤余不在家，他的哥哥接待了黄克诚。黄克诚要了曹勤余的通信地址，给他写了一封信，说明自己的困境，请他帮忙。之后，曹勤余回信说，他在福建漳州的一个部队里做事，只要黄克诚能改变信仰，他可以给他找个事儿做。黄克诚当即回信告诉他："我的信仰决不会改变。"从此与他断绝了来往。

就在山穷水尽之时，1929年1月，曾希圣找到黄克诚、李卜成，告诉他们他刚从南京来，找到了党组织。原来，曾希圣的哥哥曾钟圣（即曾中生）从莫斯科回国，在上海党中央军委工作，曾希圣找到他哥哥后，就和党中央联系上了。黄克诚、李卜成一听，高兴得几乎要蹦起来！

黄克诚和李卜成当即给党中央写了一个报告，请求恢复组织关系。党中央很快承认了他们的组织关系，并派人来看望他们，给他们每人30块钱接济生活。在白色恐怖下，他们辗转了五六个城市，奔波数千千米，历时近半年，尝尽了旧社会的世态炎凉，终于找到了党。

刘湘辉找党

1934年10月17日，中央红军开始长征。红八军团第二十三师第六十七团参谋长刘湘辉随部队从江西出发北上，他所在部队担任中央直属机关的前卫部队，承担沿途开路架桥的任务。不料，在湖南和贵州他两次负伤，部队首长为了照顾他，让他骑着马走。

一天晚上，部队夜行军，刘湘辉从马背上摔了下来，掉在一个大坑中，无人察觉。次日凌晨，当地一位姓张的医生路过此地，发现了躺在路边的刘湘辉。张医生急忙找来附近的村民，把刘湘辉抬到了路旁的一间茅草屋中，为他擦洗身上的血污，又找来两床棕垫，将他安置到太平渡附近一户李姓人家开的小饭店里。大家凑了一些钱，买来草药，为他疗伤。

第二天中午，当地民团团丁突然闯进小饭店，对着老板娘大喊："把刘湘辉交出来。"老板娘巧妙周旋，团丁无言可答，只好溜走。

此后，一位50多岁的老大娘和其他乡亲又冒着危险来照料他。刘湘辉养好伤后，隐蔽在此地谋生，他那一颗想念着红军的心一直没有变。

1937年9月，街头贴了一张捷报，上面写着八路军大战平型关的胜利消息。刘湘辉看到后非常高兴，但他不了解具体情况，于是便去问留下来的伤病员——原红三军团警侦连连长吴正国和另一位伤员刘少武。刘湘辉最终得知，八路军就是当年毛泽东和朱德领导的红军。了解到情况后，他立即给八路军总司令朱德写信，请求回部队参加战斗。

1938年9月，太平渡邮政局局长陈太远（中共党员）把周恩来寄自武汉的一封双挂号信交给了刘湘辉，信上写道："刘湘辉同志，你在1937年9月寄给朱总司令的信早就收到，已由前方转来，由我给你通信致意。你们流落在川南地区，我们是非常关怀的，只因交通不便才没有及时和你们取得联系，望你们早日恢复健康，就地做力所能及的工作，动员一切人力、物力到抗日阵线上来。今后可与重庆机房街70号办事处周信同志联系。"刘湘辉随即就把这个喜讯告诉了同样流落在这一地区的战友们。大家都十分激动，他们争着传阅这封来信，内心充满喜悦。

之后，中共地方组织恢复了刘湘辉（1930年6月参加湘鄂赣独立团）自1930年入党的党籍。刘湘辉在太平渡一面做小生意，一面发展共产党员，不久便成立了党支部，刘湘辉任支部书记，负责联系各地的红军伤员。

1939年9月13日，刘湘辉惜别众乡亲，离开太平渡北上，到达陕北。

红布上的入党宣誓书

2019年10月，革命圣地井冈山迎来了根据地创建92周年大庆，一群少先队员在老师的带领下，来到井冈山革命博物馆。站在一份特殊的入党宣誓书面前，带队的老师说："同学们，现在展现在大家眼前的是井冈山斗争时期一位农民伯伯的入党宣誓词，上面的'CCP'是中国共产党的英文缩写，左右两边的五角星里面画有镰刀和斧头，代表着党旗，而中间的24个字就是他当年的宣誓词。同学们，这份宣誓词中有什么特殊的地方？"老师的话音刚落，就有好几个孩子不约而同地回答："老师，有错别字。"

是啊，短短24个字的誓词中就有5个错别字，因为宣誓人是一位贫苦农民，他没有多少文化，但他在用一颗心宣誓，用一生实践自己的誓言。

这份入党宣誓书的主人叫贺页朵，是江西省永新县北田村人。1931年1月25日，北风料峭，寒气袭人，北田村内的一个油坊里，贫苦农民贺页朵热血沸腾，他面对党旗，举起右手，对党庄严宣誓，要成为一名为共产主义事业奋斗终生的中国共产党人。当天夜里，贺页朵为了使自己记住这个生命中最神圣的时刻，找来一块红布，精心绘制了党旗，记录下自己的入党誓词："牺牲个人，言（严）首（守）秘蜜（密），阶级斗争，努力革命，伏（服）从党其（纪），永不叛党。"从此，这份入党誓词就成了贺页朵生命的准则，无论斗争多么残酷，环境多么险恶，他都按照共产党员的标准，勇敢地站在斗争的第一线。他是苏维埃政权乡政府财粮干事和村农民协会副主席；他以榨油职业为掩护，以油坊作为红军的联络点，建立了地下交通站，为红军搜集情报、筹集物资、运送伤员，还参加了多次战斗。

1934年10月，红军长征后，他按照党的需要，留在家乡坚持斗争。在白色恐怖下，已和党组织失去了联系的他，冒着全家被杀的危险，把这份入党宣誓书藏在榨油坊的屋檐下。虽然失去了党的领导和组织的监督，但他依旧按照入党誓词严格要求自己，默默地为党工作，以一个共产党员的标准投身到党的事业中去，以实际行动履行一个普通党员对党的义务。他机智地躲过敌人的盘查，把根据地急需的食盐和药材运送过去；他冒着生命危险将红军伤病员安置在自己家里养伤……"长夜难明赤县天"，在斗争最艰苦的岁月，夜深人静的时候，贺页朵就取出入党宣誓书反复地看，默默地读，要求自己按照入党誓词做一个名副其实的共产党员。1949年8月，贺页朵盼来了解放，他从榨油坊的屋檐下取出那份用油纸包了好几层的入党宣誓书。18年了，这份记录着一个共产党员坚贞的入党宣誓书，终于显现在灿烂的阳光下。

贺页朵的入党宣誓书如今珍藏在井冈山革命博物馆，成为无数普通农民坚定不移地跟着共产党走的历史见证。

共产党员的骨头

1935年11月19日，红二、红六军团在贺龙的指挥下，从湖南桑植县刘家坪、轿子垭地区出发，开始了长征。

此时，贺炳炎任红五师师长。部队沿雪峰山西侧，经花园市直奔瓦屋塘，拟由此翻山越岭进入贵州。担任前卫的红五师第十五团在翻越瓦屋塘的东山时，遭遇敌人的阻击，双方激战，乱弹如雨。为了彻底消灭敌人，保障红军主力通过，贺炳炎命令机枪掩护，并提枪高喊："同志们，跟我来！"战士们见师长冲锋在前，全都跃出简易战壕，与敌人展开了更为激烈的战斗。

战斗中，贺炳炎又一次负伤。在此之前，他已经五次负伤了。过去五次负伤，每次他都是简单包扎一下，这次他的右臂被炸，骨头全碎了，只留下一点儿皮连着肩膀。开始，贺炳炎还神志清醒，踉踉跄跄，挣扎着想去包扎，不料没走几步便一头栽倒在地，昏厥过去。

王军医跑过去帮他止血，结果急救包打开了一个又一个，绷带缠了一条又一条，血还是止不住。无奈之下，他大喊："快，担架！"

"不，我不能下去！"贺炳炎醒过来，想从担架上爬起来，但未等他坐起来便又晕了过去。

"快送卫生部，找贺彪部长！"王军医催促着。

这时，贺龙随总部机关离开瓦屋塘，正向西疾进，听说贺炳炎身负重伤，急忙策马折回，来到瓦屋塘战地临时救护所。贺龙俯身担架旁，焦急而又轻声地问："贺炳炎，你……"

在贺彪部长的抢救下，贺炳炎的伤口不再流血，人也渐渐地清醒了。看到贺总指挥，他强忍着剧痛硬挤出一丝微笑："贺老总，没……什么关系，……挂了……点花，我的血好，不碍事……"

"很严重，右臂的骨头全部被打碎了。"贺彪背着贺炳炎悄悄地对贺龙说，"是汤姆子弹打的。"

"你看清楚了没有？"贺龙仍抱着一线希望问。

"弹头是在右臂大骨处炸开的，只剩下几根筋连着。"

"能不能保守治疗？"

"不能，必须截肢！如果不立即截肢，还会有生命危险。"

"手术需要多长时间？"

"大概要三个小时。"

贺龙转过身对通信员说："传达我的命令，全体战士再坚持三个小时，保证给贺师长做手术的时间。"

不巧的是，当时仅有的一点儿医疗器械已经被驮运转移了，一时半会儿运不回来。救护医生当即让人从老乡那里找来一把锯木头的锯子，决定用它来锯掉贺炳炎受了重伤的右臂。

就要做手术了，医务人员将药箱翻遍了，却找不到半点儿麻醉药。

怎么办？大家正十分焦急时，有人提出用吗啡，并说多吃一些吗啡可以起到麻醉作用。贺龙听后，问医生："吃吗啡，有没有其他副作用？"

医生回答："吃少了不管用，吃多了可能对大脑有损伤，再一个很可能上瘾。"

贺龙自言自语道："我还要贺炳炎给我冲锋呢，你们就没有别的什么办法？"

这句话被从昏迷中醒过来的贺炳炎听见了，他用左手将医生端上来的吗啡打翻在地，说："吗啡，我不吃。关云长还能刮骨疗毒，何况我是共产党员！"

医生找来四名力大体魁的战士，要他们按住贺炳炎。贺炳炎对医生说："麻烦你们找块毛巾塞到我的嘴里就行了。麻烦同志们把我绑在门板上。"

医生准备锯胳膊，贺炳炎看到医生的手在轻轻地发抖，怎么也不敢使劲，贺炳炎鼓励他说："我自己都不怕，你还怕什么？来吧！"

开始锯臂了，贺炳炎忍住剧痛，豆粒大的汗珠直往外涌。他用受伤的左手死命地抠着床边，熬过那艰难的时刻……手术终于做完了，前后共用了2个小时16分钟。贺炳炎嘴里的毛巾被他咬得稀烂！

做完手术后，贺炳炎含着眼泪问贺龙："总指挥，我以后还能打仗吗？"

贺龙紧紧地握住老部下的左手，用自己的袖子擦去贺炳炎脸上的汗水，对着贺炳炎那张因剧痛而变得苍白如纸的脸，端详了好一会儿，用极其肯定的语气说："怎么不能打仗，你还有一只手嘛！只要我贺龙在，就有你贺炳炎的仗打！"然后，贺龙从地上的那摊血里捡起了一些东西攥在手里。

从此，每当红二军团进行战斗动员的时候，贺龙都会打开他随身携带的布帕说："看看，这就是共产党员的骨头！"

这样的骨头，如钢似铁。

红心向党

1935年9月，中国工农红军挺进师遭敌人"围剿"，被迫分散行动。一纵队供给部部长刘达云和张文碧等十几名同志被困在了从仙居通向缙云的八宝山上。

八宝山地势险峻，不见人烟。粮食没有了，大家只能吃野果充饥。天天吃野果，胃里直冒酸水，难受极了，可大家没有一个叫苦的。

被困的第六天下午，天气突变，顷刻之间暴雨倾盆。十几个战士手拉着手、肩挨着肩，躲在一棵大树下。冰冷的雨水把战士们从头到脚浇了个透心凉，他们一个个都被冻得嘴唇铁青、浑身颤抖，一阵大风吹过来，战士们更是被冻得上下牙齿直打架。

天渐渐暗了下来，暴风雨丝毫没有停的迹象。十几位红军战士已经被饥饿、寒冷和劳累折磨得面容憔悴、瘦弱不堪，但是，他们每一个人深陷的眼窝里，都闪烁着一种明亮、坚定的光芒。

突然，通信员小胖的身体左右摇晃起来。"小胖，你怎么样？"张文碧急切地问道。

小胖声音嘶哑，咬着牙说："我……我能坚持。"

大家正焦急地看着小胖，忽然一道电光闪过，咔嚓一声震天巨响传来，紧接着就是一阵地动山摇的霹雳，战士们全被冲倒在泥水中，顿时失去了知觉。不知过了多久，一名战士从昏迷中醒了过来，他连忙推了推身边的战友。不一会儿，大家都围坐在一起。他们这才发现，离他们仅10米远的地方，两棵高大的松树被雷劈开，树干已经被烧得焦黑。过了好大一会儿，大家才缓过神来。

这真是一场生死劫难。战士们聚在一起商议，这样等下去只有死路一条，还不如找准时机，趁敌人不注意冲下山，也许还有生还的机会。天黑后，刘达云和张文碧带领战士们冒着瓢泼大雨，艰难地前行，不知道滑倒了多少次，身上也不知道被划破了多少口子，战士们没有一个掉队的，一直向山下走去。令他们奇怪的是，半路上没有碰到一个敌人。

三个小时过去了，战士们已离开八宝山十几千米。他们走着走着，摸进了一个村庄，远远望去，一间小草房里透出微弱的灯光。

一位老大爷发现了他们，顿时惊慌得手忙脚乱。张文碧赶忙走上前，向老人家说明了身份和来意，老人家这才松了一口气。看到战士们被冻得都缩成一团，老大爷赶忙生了火炉，拿出家里仅有的一点儿米煮了一锅稀饭。

围着火炉，喝着热乎乎的稀饭，战士们脸上都洋溢着笑容。他们听老大爷说，以前他也是赤卫队队员，只可惜后来红军一走，白军来了，什么都垮掉了……

第二天，天还蒙蒙亮，老大爷带着战士们绕过一条泥泞小道，从敌人的眼皮底下溜了出来。

离开了八宝山，大家心里甭提多高兴了。可是他们不得不面临一个情况：到哪里寻找党组织呢？刘达云和张文碧分析，寻找浙东地下党，已无希望；回主力部队，也早已失去同师部的联系。当前唯一的办法就是继续留在浙东地区，发动和依靠群众，开展游击战，保存革命力量。在老乡的帮助下，他们安顿了下来。

战士们每天神出鬼没地在浙东山区一带活动。最让他们焦急的是无法与外界取得联系，没有报纸，无法得知全国的革命形势。但大家都没有愁闷和怨恨，他们心中始终坚定一个信念：在党的正确领导下，革命事业一定会取得最后的胜利。

风里来，雨里去，战士们顽强斗争，互帮互助，熬过了这个严寒的冬季。

1936年春天，这支淬火历练的队伍终于找到了师部。看着十几个战士已经瘦得皮包骨头，粟裕师长的眼圈都红了：这还是一群孩子，他们为了革命事业，个个变得如此坚强。这是多好的一支队伍啊！

带镣长街行

带镣长街行，

志气越轩昂，

拼作阶下囚，

工农齐解放。

一曲气吞山河的《带镣行》，在黑暗的旧中国唤起过多少志士！

此诗是共产党人刘伯坚被捕后，在重兵押送下，拖着重镣游街时即景咏出的。

刘伯坚，原名永福，1895年1月9日生于四川平昌县一个开栈房的小商业者家庭。他聪明好学，靠家中借贷到巴中县上中学，后又考入万县的川东师范、成都的高等师范学堂。刘伯坚从小目睹民众苦难，在校内又受到五四运动的影响，产生了朴素的民主主义思想。他才华出众，闻名于川北高原，府尹一度要他当秘书，并愿任命他为县长。刘伯坚却不愿就这个"肥缺"，而是毅然参加了留法勤工俭学，于1920年赴欧，先到比利时，后到巴黎，一边做工，一边学习。

当时，西欧正经受十月革命思想的冲击。刘伯坚在那里接受了共产主义思想，并于1922年6月与周恩来、赵世炎等共同组建了"少年共产党"，随即转为共产党员。1923年11月，刘伯坚赴莫斯科，入东方劳动者大学，并因待人和蔼、处理问题老成持重，被中国学生推为中共旅莫支部书记。当时，这个支部不但管理中国党员学生的组织活动，还要负责工作分配和生活，被同志们称作"党内驻苏大使馆"，刘伯坚成了"大使"。

1926年春，冯玉祥因率领的西北军战斗失败，到苏联"考察"并求援，刘伯坚参加接待。冯玉祥表示要学习苏军的政治工作经验，并邀请刘伯坚回国任国民联军的政治部副部长。刘伯坚到西北军后，同上层人物建立了很好的统战关系，还积极用革命思想改造这支从军阀阵营中分裂出来的部队。1927年4月，他与西安有名的才女、共产党员王叔振结婚，在西北军中一时传为佳话。

1927年夏，冯玉祥受蒋介石拉拢，与共产党分手，刘伯坚也被"礼送"到武汉。随后，党中央派他再度赴苏联，入伏龙芝军事学院，与刘伯承等一同学习。1930年夏，刘伯坚回到上海，翌年又进入江西中央苏区，先后任中革军委秘书长、中央军事政治学校政治部主任。此时，蒋介石将中原大战中被他打败收编的西北军主力第二十六路军调到江西"剿共"，并由中央军在后面督战。这一"一石二鸟"的毒计激起了西北军官兵的极大愤慨。中央军委马上派刘伯坚主持策反工作，最终使该部1.7万人在宁都暴动，并被编为红五军团。刘伯坚随后担任了该军团政治部主任，并将这支部队改造成中央红军的主力之一。

1934年10月，红军主力离开江西开始长征，刘伯坚被留下任赣南军区政治部主任。20万国民党军将留下的3万红军（半数系不能远征的伤病员）压缩到赣南一隅，中央分局书记项英在几个月后才接受陈毅的建议，下令分路突围，开展游击战，可惜为时已晚。1935年3月初，刘伯坚在战斗中左腿中弹，不幸落入敌手。他的家人想找与他有交情的冯玉祥、于右任营救他，他却去信坚决反对，为的是不丧失共产党人的人格。抓到他的一些粤军军官以"爱惜人才"自称，劝他暂时写个脱党手续，这样便可获得自由，遭他拒绝。

在被囚的17天中，他坚贞不屈，视死如归。在遗书中，他把自己的一生归结为"生是为中国，死是为中国"，并以"我为中国作楚囚"自豪。临刑前，刘伯坚写了最后两封信，他预言，"不久的将来，中国民族必能得到解放"，他的"鲜血不是白流了的"。信中，刘伯坚谆谆叮嘱他的亲人："最重要的，诸儿要继续我的志向，为中国民族的解放努力流血，继续我未完成的光荣事业。"1935年3月21日，刘伯坚英勇就义。

他至死都为自己是共产党人而自豪。他的人格、人品的力量，感染和教育了无数人。

死也不离开红军

1932年8月，鄂豫皖根据地，红四方面军以第十师、十一师、十二师及少共国际团等部队围打麻城。

此时的秦基伟，是红四方面军少共国际团的一位连长，他正带领着他的连队潜伏在一片泥水里，紧张地等待着进攻命令。

双方重兵都集结在麻城西北地区。这里的陡坡山寨，军事位置十分重要，徐向前决心拿下它。他命令十一师主攻，少共国际团协助攻打东门，秦基伟任连长的二连是第一梯队。

进攻的命令还没有发出，秦基伟精神亢奋，死死地盯着即将攻打的目标。

陡坡山是一个易守难攻的地方，虽然不高，却是平地上突起的山包，由于陡然拔起而得名。陡坡山四周是一望无际的水稻田，阡陌纵横。据守在山上的是国民党收编的土匪、地痞、赌汉等，他们既剽悍又敢玩命，同时，山上还筑有坚固的工事。

战斗终于打响了，红军发起猛烈进攻。秦基伟一跃而起，带领连队向山上冲去。敌人也不示弱，猛烈射击，机关枪吐出的弹雨打起的水花、泥花及稻叶、稻穗漫天飞扬。

秦基伟带领他的连队和其他红军部队一样，迎着敌人由机枪织成的火网，奋不顾身地向前冲击。有的人倒下了，鲜血染红了泥水，有的人中弹后也没有停止脚步。旗帜被撕成碎条，在残阳和晚风中飘动。

突然，从寨子里冲出一群亡命之徒，个个袒胸露臂，嘴里大声呼喊着，手里挥舞着刀枪，很快与红军战士交上了手。

身穿褴褛灰布军衣的红军战士与国民党兵混杂在一起，厮杀在一起。渐渐地，红军愈战愈勇，敌人由猖狂变成恐慌。

秦基伟率领连队穿过泥泞的水稻田，杀开一条血路，直逼围墙下。随即，他纵身跃上围墙，和里面的敌人面对面。正当他扬起右手指挥士兵翻越围墙时，一颗子弹打进了他的右小臂，手中的盒子枪摔出去好远。但他没有停住，飞身捡起盒子枪，不顾流淌的鲜血，又继续往前冲。通信员扑过来将他按住，急切地说："连长，再不包扎，血就流完了！"

秦基伟狠狠地瞪了他一眼，咬牙撕下衣襟，将带血的伤口捆住。

这次战斗后不久，红四方面军被迫西征转移，因为伤员太多，又没有药品，还缺少担架，难以长途行军，只得将伤员就地安置养伤。秦基伟是重伤员，也属安置之列。领导发给他两个小元宝，对他说："为了主力的生存，你就留下吧，或留在老乡家，也可以回到老家去！"

手捧着两个小元宝，秦基伟的泪水夺眶而出。哪里是他的老家呢？他是家中的幼子，但在他11岁那年，家乡瘟疫流行，母亲染病身亡，第二年父亲和伯父去世，第三年哥哥又病故，唯一的姐姐也出嫁了。从此之后，他便自己上山砍柴、下田种地，一个人孤苦伶仃地生活。十几岁那年秋天，共产党领导黄麻暴动，秦基伟扛着一杆红缨枪，参加了浩浩荡荡的起义队伍。他已铁了心跟着共产党，红军部队就是他的家。他大声说："我死也不离开红军！"

没家可回，留在陌生的地方也无异于送死，秦基伟在心里做出了决定：无论如何也不能留下来，手臂负伤了，可腿还是好的，不管怎样，跟上部队再说。于是，他紧紧跟着部队，既不敢离得太近，又不敢离得太远。离得太近了，怕部队发现了要他留下；离得太远了，又怕被甩下。所以，他一直不远不近地跟着队伍，不走大路走小路，不走平路走山路，日日夜夜，跋山涉水，就是不离开部队。

一个多月后，部队到达鄂陕边境时，秦基伟才敢插到行军的行列里去。这时的他蓬头垢面，那条受伤的胳膊已溃烂得露出了骨头。领导和战友们心疼他，还是动员他到地方养伤。

秦基伟仍是坚决不同意，他对领导说："我一不坐担架，二不骑牲口，爬也要跟着红军前进！"

领导被感动了，不得不留下这个钢铁般的年轻连长。此后，秦基伟开始公开地走在行军的路上。他右臂吊着绷带，忍受饥饿、寒冷和伤痛的折磨，一直走到川北根据地。经过半年多的治疗，伤好后任红四方面军总指挥部警卫团团长，随后担任补充师师长，踏上漫漫的革命征程。

难忘的党小组会

古戏文中有《生死牌》一出，说的是明朝恶吏贺总兵嫁祸民女王玉环，义女秀兰和秋萍愿为玉环赴死，无奈之下，知县黄伯贤安设"生死牌"，谁摸到死牌，谁就去死的故事。然而，在红军长征过草地的时候，有了真人实事版的"生死牌"。

那是在红军长征时，红六军团保卫局执行科七位同志随部队来到川西北的草地。由于一路荒无人烟，他们已断粮好几天，身体快垮下来了。为了战胜饥饿、走出草地，大家分头采了一些野菜。然而，这堆野菜中哪些有毒，哪些可以食用，实在分不清。如果吃上有毒的，弄不好七个人都要倒在这里。为此，党小组组长杨洪山郑重宣布：召开一次党小组会，选出一位同志先吃，鉴别出无毒野菜供大家充饥。

话音刚落，四名党员围上来，三位要求入党的同志也列席了会议。杨洪山首先发言："我是科长，是老党员，应该由我来尝野菜。万一我不行了，科里的工作由陈云开同志负责，把大家带出草地。"

陈云开一听这话不干了："你是科长，要带领大家克服困难、走出草地，这野菜还是由我先尝。"

"你们都不要争，还是我先吃最合适。"一个微弱的声音传来，大家循着声音看去，发现是躺在担架上的重伤员黄凯。只见他吃力地支撑起身子："你们都年轻，身子骨又好，将来为革命工作的时间还很长。我年纪大了，身子又闹成这样，还是我来尝吧。"说罢，黄凯向野菜堆爬去。

大家一看急了，赶紧把他拦住。紧接着，特派员老尹和其他几位同志也争着要求先尝。

诚挚的友情，感人的场面，感染着在场的每一个同志。最年轻的陈云开抓起一大把野菜，激动地说："同志们，我今年二十挂零，身体好，抵抗力强，毒性不大的野菜在我身上只能产生较低的反应。我恳求党小组组长和同志们对我的意见进行表决。"

表决结果：七票一致通过。

陈云开肩负着党小组的重托，开始尝这些不知名的野菜。苦的、酸的、麻的、涩的……当尝到第七种野菜时，他只觉得一股难忍的怪味锁住了喉头，一阵眩晕，很快失去了知觉。

经战友们抢救，陈云开未有大碍，而战友们最终靠他鉴别出来的无毒野菜，战胜了饥饿，胜利地走出了草地。

大别山里出好汉

"大别山是英雄山，大别山里出好汉。"这是孩子们唱的儿歌，也是真实的历史写照。在中国共产党领导的人民革命斗争中，大别山孕育了无数英雄豪杰，徐海东就是其中的一员。

黄麻起义失败后，反动派抄了徐海东的家，烧了他家的房子，残杀了他的亲人。一族83人，前前后后被国民党反动派杀害的竟多达66人！但他没有被敌人的屠刀吓倒，而是把血海深仇刻在心里。无论多大的困难也压不垮徐海东这位坚强的革命者，也丝毫不能动摇徐海东的革命理想，反而使他更加英勇善战。不怕苦、不怕死的徐海东令敌人闻风丧胆。他从血和火的洗礼中认识到，干革命、闹暴动，不仅要有枪杆子，还要学会抓枪杆子，更重要的是要有坚定的革命理想和对党的无限忠诚。

1932年7月，徐海东被任命为红军第九军二十七师师长。10月，蒋介石对鄂豫皖根据地发动了第四次"围剿"。由于张国焘在军事指挥上一意孤行，红军部队处于相当被动的局势。这时，徐海东奉命部署在英山地区掩护红军主力部队进行战略转移。红四方面军主力安全顺利地离开鄂豫皖苏区以后，蒋介石又集中20多万兵力，对革命根据地进行"划区清剿"，企图把留下的红军消灭，摧毁根据地。面对这种严重的被动局势，与总部失去了联系的徐海东处变不惊，率领部队顽强奋战。在不利形势下，徐海东又与皖西部分地方武装会合。按照鄂豫皖省委的决定，徐海东担任新组建的红二十七军七十九师师长。

在保卫鄂豫皖革命根据地的斗争中，环境极端艰苦，形势极其险恶，这时在红军队伍里就有一些人情绪很不稳定，有的人甚至悲观地感叹"革命完了"。徐海东听了，挥动着拳头大声坚定地说："谁说革命完了？革命永远完不了！革命就像这大别山，风吹不倒，地震不摇！"徐海东还到处给人讲，"革命不会完""红军主力要打回来"。

徐海东这些坚定的话语，不是为了鼓动人心，而是他的心已经交给了党的事业，他确确实实就是这么想的。经过将近一个月的艰苦转战、左冲右杀，他率领部队终于突出了重围。整整23天，他从来没有上床睡过觉。一到目的地，徐海东便因疲劳过度，一头栽倒在地上昏睡过去，睡了30多个小时。徐海东醒来要翻身坐起来时，只觉得胸口发闷，一口鲜血吐了出来，警卫人员吃惊地叫喊起来，可徐海东却像什么也没发生似的。

著名作家周立波曾经感慨地写道："中国的历史，造就了许多奇异的人，徐海东就是这些人中的一个。"假如徐海东将军没有崇高坚定的革命信念做支撑，就不可能在极其艰难的情况下，依然保持着斗志昂扬的战斗精神。徐海东将军传奇的经历，就连外国友人也给予了很高的评价。美国著名传记作家埃德加·斯诺在《西行漫记》中写道："中国共产党的军事领导人中，恐怕没有人比徐海东更加'大名鼎鼎'的了，也肯定没有人能比他更加神秘的了。"

注：张国焘，1938年投靠国民党，被中国共产党开除党籍。

苦行千里寻红军

祁连山地处西北高原，虽已是初春时节，却依旧冰封雪冻。

经过几天的突围，仅剩几百人的队伍有的掉队，有的离散，有的牺牲。李聚奎带着最后这支三四百人的部队，艰难地向东行进，前后距离拉得很远。

李聚奎走在队尾，边走边组织收容掉队的同志，并鼓励大家赶快前进。天寒地冻，月黑风高，路险难行，精疲力竭。在行军的过程中，他们和主力部队失去了联系。天已经亮了，他们还是没能追上主力部队。这时，敌人开始搜山了，李聚奎只好把部队隐蔽疏散到树林里。由于长时间行军，大家饥饿难耐、劳累至极，所有的人都像散了架似的，一头栽倒在地上睡着了。醒来的时候，已经是下午了。李聚奎一察看，周围只有朱良才、方强、徐太等十余名同志。这些人在巍峨的祁连山与敌人周旋了将近四天，没有吃的，只有把战马杀了充饥，连骨头带肉简单地烤一下，带着血吃；没有水喝，他们就啃一口冰凌，吃一把积雪。天快亮的时候，李聚奎带着他们摸到了山脚下一个叫水源的村子附近，还没有进村，就发现村子里驻有敌人。他们不得不在天亮之前回到山上。爬到半山腰时，他们在一块草坪上喘息了一下。李聚奎提议说："敌人可能白天搜山，大家还得往高处爬，疏散隐蔽到石缝草丛间，天黑后再来这里集合。"解散后，大家分头隐藏。李聚奎与警卫员爬到了山顶，一块硕大的岩石在那里兀立着，有几株小树在石中凹部长着，他们翻进了凹部，紧紧地贴树站着。

山下的敌人开始搜山了，人吼声、马嘶声、零星的枪声混成一片，一直折腾到日头偏西。黄昏的时候，李聚奎两人回到半山腰的草坪，却没有等到其他人，四处找了找仍不见踪影。后来才知道，敌人在搜山的时候发现了其他同志，将他们抓了起来。李聚奎望着白雪覆盖的祁连山和广袤的苍穹，禁不住流下了伤心的眼泪。

李聚奎站在凄风阵阵的祁连山上，心中只有一个信念：太阳有落有升，西路军失败了，但革命仍在进行，党中央还在，河东的红军还在。他要回到河东，找党中央去！找红军去！想到这里，李聚奎热血沸腾，精神抖擞。他站起身来，带领警卫员迈着坚实的步伐，向着党，向着东方，向着太阳升起的地方前进！

两人来到祁连山脚下的一个村子边，停在了一座独立的小屋前。这个孤零零被甩在村边的小屋，依他们的推断，大多是穷苦的人家。轻轻地叩开了门，一位身穿破羊皮筒子的老乡把他俩让了进去，又盛来两碗稀饭。老乡说："马家军盘查得正紧，见到红军就抓，你们这样走可不行。"

"我们穿军装不方便，能不能换身衣服？"李聚奎试探地同他商量。

"我家穷，这衣服太脏了。"老乡看了看自己穿的破羊皮筒子，有些难为情。

李聚奎说："没关系，越破越好。"

老乡把一身全是窟窿的皮筒子和一件光板子山羊皮大衣拿了出来。李聚奎把一件羔皮大衣和棉军装留给了老乡。老乡又把一顶西北农民特有的毡帽给了李聚奎。把这些穿上，又拿了根棍子，活生生两个"叫花子"。

行军路上，两人又机智地摆脱了两个敲竹杠的匪军。警卫员的脚烂得不能走路了，到了晚上，李聚奎扶他来到一户穷苦人家，这家人对红军的遭遇非常同情，冒着很大的风险收留了警卫员。

李聚奎只身一路行乞，一直向东，一心向党。

整个河西走廊被马家军撒开了一张密实的大网，他们又派出了许多搜捕红军人员的骑兵分队，许多同志被杀害。为了万无一失，李聚奎把身上所有的东西都进行了清理，做好了随时牺牲的准备。

此时，他身上只有一把没有子弹的手枪、指北针和一枚二级红星奖章。枪是从敌人那里夺过来的，不能让它再回到敌人手里，枪拆散成零件后被他扔进了山沟；红星奖章是党的象征、红军光荣的象征，绝不能让敌人得到它，李聚奎把红星奖章藏在了一个树洞里；指北针是第四次反"围剿"时缴获敌师长李明的，他要找党、找红军离不开指北针，要用它判明方位，李聚奎把它塞进皮袄的洞里，又继续赶路了。顺着河西走廊北侧向东走，走过岩石裸露的崎岖山地，走过寸草不生的茫茫戈壁滩，走过蜿蜒起伏卧龙般的古长城，昼伏夜行，向着东方前进，前进。

为了避开敌人的骑兵，李聚奎尽量避开大路，专拣小道走。一个多月里，李聚奎风餐露宿、一路行乞，怀着对党的无限忠诚，终于来到了黄河边，并幸运地遇到了红三十军的三名战士。四人便结伴而行。在黄河边一位勇敢而淳朴的船夫的帮助下，李聚奎四人藏身船底，顺利地渡过黄河。继续往东走，来到一年前党中央红军总部驻地打拉池，墙上醒目的标语跃入眼帘："停止内战，一致对外！""中国人不打中国人！""红军万岁！"此时，李聚奎的心中顿时像燃起了一团火，他仿佛又看到了党中央，看到了红军。李聚奎精神大振，不由地加快了步伐。

有一天晚上，李聚奎在一个骡子店里，同四个做毛驴生意的人睡一个坑。睡前，那几人议论不休："奇了，驻在王家洼子的军队真好，买卖公平，不扰商人。""从来没见过这样好的军队。"

李聚奎心头猛地一亮，赶紧凑上去问是什么队伍。"是红军，是红军二十八军一团。"他们回答说。

李聚奎强忍心头的狂喜，又紧接着问了一句："红军对过路的人不为难吧？"

"不为难，好得很呐，你放心吧。"

"此地离王家洼子有多远？"

"整整100里，我们昨天才从王家洼子动身来的。"

快两个月了，李聚奎终于听到了红军的确切情况，真的太高兴啦！李聚奎恨不能一步跨过这100里地去。第二天，鸡叫头遍天还黑的时候，李聚奎就早早地起身，匆匆忙忙地赶路了。

人民的英雄刘志丹

1936年4月的一天，刘志丹奉命率领红二十八军前往三交镇，消灭驻守在三交镇的阎锡山部队。这位曾经驰骋疆场的英雄万万没有想到，他将在这里完成生命中的最后一战。

三交镇是中阳县境内一个比较重要的渡口，镇周围构筑了坚固的工事，有阎锡山的重兵防守。眼里充满血丝的刘志丹，为了打好这一仗，连饭也顾不上吃，就带领有关人员到前沿阵地进行勘察。回到军部后，他根据勘察情况，制定了详细的作战方案。

这天晚上，攻打三交镇的战斗开始了。刘志丹一会儿在屋子里来回走动，一会儿又拿起铅笔在地图上标着，整个晚上都没有合眼。

第二天清晨，三交镇周围的大部分阵地都被红军占领了。刘志丹得知还有个团的进攻不顺利，就跑到前沿阵地去指挥。这时，抱有侥幸心理的敌军死死地困守着三交镇东北方向的一座山头，用机枪封锁部队前进的道路。就在刘志丹观察敌情、指挥部队再次发起冲锋时，敌人的子弹击中了他的左胸，刘志丹昏迷过去。在战友们的呼喊声中，刘志丹微微睁开眼睛，断断续续地说："让宋政委……

指挥部队，赶快消灭敌人……"当医生赶来时，年仅33岁的他已经停止了呼吸。

得知军长刘志丹牺牲的噩耗后，正在前线指挥所的红二十八军政委宋任穷急忙赶到前沿阵地，双手抱着刘志丹，泪流满面。战士们怀着沉痛的心情和满腔的怒火，长短枪一齐开火，迅速拿下了阵地。

刘志丹牺牲后，周恩来亲自扶灵入殓，陕北高原数千人集会隆重悼念。

"加入党，就要为共产主义信仰奋斗到底。作为个人来说，奋斗到底就是奋斗到死。"这是刘志丹的入党誓言。"生而益民，死而谢民"是他矢志不渝的人生理想。刘志丹短暂的一生，驰骋于西北黄土高原，扎根于人民群众之中，几经风雨，几多磨难，他一直热爱党、热爱祖国、热爱人民，追求真理，英勇善战，百折不挠，艰苦奋斗，忠心赤胆，为创建红军和革命根据地，为中国人民的解放事业建立了不可磨灭的功勋。

1942年4月14日，刘志丹牺牲六周年，毛泽东为他题词："我到陕北只和刘志丹同志见过一面，就知道他是一个很好的共产党员。他的英勇牺牲，出于意外，但他的忠心耿耿为党为国的精神永远留在党与人民中间，不会磨灭的。"1943年5月，毛泽东再次为他题词："群众领袖、民族英雄。"周恩来题词："上下五千年，英雄万万千，人民的英雄，要数刘志丹。"

一生忠于党

1924年3月，方志敏入党的第一天，就立下誓言：要一生忠于党。

随着北伐战争节节胜利，赣东北地区的农民运动、工人运动逐渐蓬勃开展起来。方志敏以极大的热忱，领导着赣东北地区的党组织和革命队伍。在他的领导下，到1932年底，根据地扩展到包括赣、闽、浙、皖四个省的几十个县，人口达100多万。

1934年秋天，方志敏率领由红军第七军和第十军组成的抗日先遣队从赣东北出发，开始北上抗日。蒋介石得知方志敏北上抗日的消息后，立即调集大批军队围追堵截。

面对敌人的重兵围堵，方志敏带领部队克服艰难险阻，一次又一次地进行周旋反击。在连续七天七夜的战斗中，方志敏和战友们没吃一口饭，没喝一滴水。面对困境，方志敏和战友们始终坚守阵地，没有一人退缩，终因敌众我寡、弹尽粮绝，不幸被捕。

被捕后的方志敏被关在囚笼里，凶狠的敌军把他押到上饶、弋阳、南昌等地游街示众，侮辱他、迫害他。敌人的暴行和诡计，非但没有动摇方志敏的革命意志，反而给他带来了向群众宣传、号召群众起来闹革命的机会。

在狱中，敌人加重了对方志敏的严刑拷打，他遍体鳞伤，但宁死不屈。严刑拷打失败了，敌人不肯罢休。蒋介石的私人秘书亲自找方志敏"谈判"，许诺他高官厚禄……没等他们说完，方志敏便大声痛骂："你们这些凶恶的强盗、汉奸、卖国贼，有什么资格和我谈判，我与你们是势不两立的。"

身心受到极大摧残的方志敏没有一丝动摇，他忠于党和人民的意志，连敌人也不得不佩服："方志敏态度非常强硬，看他至死也不会动摇的。"

方志敏在极端艰苦的条件下，一方面组织和领导狱中的同志与敌人做顽强的斗争，一方面写下了《可爱的中国》《狱中纪实》《清贫》等不朽的著作。在《狱中纪实》中，他写了这样一首诗：

敌人只能砍下我们的头颅，

决不能动摇我们的信仰！

因为我们信仰的主义，

乃是宇宙的真理！

为着共产主义牺牲，

为着苏维埃流血，

那是我们十分情愿的啊！

　　"……我能丢掉一切，惟革命事业，却耿耿于怀，不能丢却！"伟大的共产主义战士方志敏，在1935年8月5日深夜写完了最后一封给党的信。

　　次日凌晨，方志敏被押赴刑场。面对敌人的枪口，他振臂高呼："打倒日本帝国主义！""打倒国民党反动派！""中国共产党万岁！"在悲壮的口号声中，久经考验的共产主义战士方志敏永远倒在了南昌下沙窝的草地上。

赤胆忠心张子清

1927年秋，"三湾改编"后，部队向井冈山前进，张子清带领三营担任前卫。他当时25岁，恰同学少年，已是毕业于湖南讲武堂的高才生了。他文武双全，韬略齐备，虽出身名门，却对反动统治非常不满。秋收起义以来，他凭借高尚的政治品质和杰出的军事才能，在进军井冈山的途中倾心协助毛泽东向湖南省委汇报情况；于战斗失利成了孤军时，巧妙摆脱军阀范石生的追击；在建政茶陵的工农革命军陷入险境时英勇解围；在袁文才、王佐部接受革命真理时主持升编大会。艰难的历程，展示了张子清饱学博才、足智多谋的儒将风姿，也赢得了革命根据地军民的由衷敬仰。所以，毛泽东把接应朱德部队的重担交给了他。

张子清登上接龙桥，指挥三营阻击敌人。掩护朱德部队通过酃县的战斗，赢得一秒就能给朱德部队减少一分伤亡，就能给井冈山革命根据地增加一股力量。时间就是胜利！三营一次又一次地打垮了敌人的冲锋，一次又一次地确保了朱德部队分批过桥的指战员们的安全。在张子清的带领下，三营战士奋不顾身、英勇杀敌，迫使敌人龟缩在酃县以北，为朱德部队争取了充裕的时间。部队得以避开强敌，胜利到达宁冈，与工农革命军会师。张子清的腰部和左脚踝骨里，却嵌进了敌人的子弹……

张子清的伤情在一天天地恶化。他忍着难以名状的疼痛，让医生用竹镊子夹骨头里的弹头，子弹嵌得太深了，医生夹了一次又一次，怎么也取不出。

800多名伤病员住进了井冈山医院，物资紧缺，医院里只能靠盐水消毒、青苔降温。好的时候，张子清能领到一包像小手指盖那么大的硝盐用于清洗伤口。

盐，多么奇缺之物。张子清每次领到它，都悄悄用油纸包起来。有几次，伤口钻心的疼，他把手伸到枕头底下想取盐，摸了一下、两下，他还是咬着牙将手缩了回来。

他一直用金银花水洗伤口，想把盐积攒起来。盐攒得越多，他的伤疼得越厉害，以至于夜里不能入睡。

1928年秋天，红军打了一个大胜仗，又一批伤员住进井冈山医院。伤员骤然增多，医院断了盐，不少伤员的伤情开始恶化。这时，张子清把护士排长叫到身边，说："我给你一样东西，但你一定要按我的意见去做。"

他反复叮嘱："盐不多，一定要把重伤员的伤口洗一遍，有可能的话，再把所有伤病员的伤口洗一遍。"

此时，他的伤仍在恶化，不得不让医生用菜刀割掉那些溃烂的皮肉。最后，他失去了和他一起爬山越岭的左腿。

那是用木工所用的锯子截断下来的啊！清冷的刀锋进入他的躯体，先是肉，尔后是骨头。那声音，在听惯了枪炮声的人看来，似乎微弱。但锯齿，犹如在人的心尖上拉来拉去。

大"围剿"来了，张子清和伤势严重的红军官兵被转移到山洞。井冈山上的大雪奇迹般地下了40多天，他爬到洞口抓把雪团解渴，在荒无人迹的山岭度过了人生最寂寞、最苦难而又受到死亡威胁的日日夜夜。终于到了温暖的春天，洞口边，一棵野草发出嫩芽。他渴望生命延续，甚至听到了井冈山上疾走的脚步声。可是，严重的伤势，彻底吞噬了他原先雄健的躯体。

支撑张子清度过艰难岁月的是什么呢？是对党的赤胆忠心！

1930年5月，最后的时刻到了。张子清拉着警卫员的手，眼泪夺眶而出。他断断续续地倾诉着对慈母、贤妻和爱女的眷念："我……不行了……我死了，请你们一定设法转告我的母亲，我跟着共产党走无怨无悔……"

舍生忘死保密码

1942年秋天，为抗击日军的疯狂"扫荡"，保护冀鲁豫抗日根据地，根据冀鲁豫军区部署，南进支队所属各团正在外线执行战斗任务。

一天傍晚时分，支队机关在警卫小分队的掩护下，趁着夜色，由范县西南驻地向根据地中心范县一带转移。司令部机要股的同志一行六人沿着崎岖的乡间小路，随支队机关大步前进。

午夜过后，突然间，一阵枪声隐隐约约地从平原上掠过，大家迅速停下脚步，警惕起来，侧耳倾听。

"前方发现鬼子！"支队机关接到了侦察员的报告。司令部紧急集合，迅速组织力量朝正东方突围。

枪声越来越密，远处火光点点。

"坏了，我们被包围了！"机要股的同志摸了摸随身携带的密码，加快了前行的步伐。

拂晓时分，就在大家即将到达范县旧城时，枪声四起，人们的叫喊声此起彼伏。

大家恍然大悟。原来敌人已经摸清了部队的行动，采取"铁壁合围"的办法，企图消灭南进支队指挥部。

眼下，黄河故道是一望无际的平原。秋收时节，已不见青纱帐的踪影，地理位置十分不利。

"必须强行突围，冲出一条血路，方能保存自己。"机关的同志暗暗地下定决心。

敌众我寡，摸黑行军，强行突围谈何容易。没过多久，警卫部队被冲散了，只剩下党小组组长李俊谭、电台报务员吴绍南和崔增贤等六名非战斗人员。

过去，他们在首长身边工作，最安全最隐蔽；今天，他们落在敌人的包围圈里，最危险最无助，况且还带着全支队的密码。

"密码怎么办？""决不能让密码落入敌人手中！"情况万分危急，他们不约而同地想到了这些。按规定，在极度危险的情况下，请示首长后，应立即对密码进行销毁，但现在与首长失去了联系。

"怎么办？烧还是不烧？"

时间就是机密！时间就是胜利！时不我待！

"大家说怎么办？"李俊谭大声说。

"烧！"大家异口同声地说。

他们迅速扔掉身上的物品，把密码紧紧地抱在胸前，飞快地跑到村东一座垣墙脚下，两人站岗，四人拿出密码，扯的扯、撕的撕，不一会儿，几包密码变成了一堆废纸。

为了不留任何蛛丝马迹，他们将小煤油瓶里的煤油喷洒在密码上，呼的一声，火点着了。

"敌人来了！"负责站哨的同志用嘶哑的嗓子喊道。

他们立即抬头远望，只见敌人朝村东疯扑而来。

"捧着跑！决不能让敌人得到半点儿纸片！"李俊谭命令道。

说时迟，那时快，他们捧着没有完全烧尽的密码，使出浑身解数，飞快地跑向村西边。

人在跑，手中的火星在纷飞，纸借风势迅速复燃。

"扔到厕所里！"李俊谭急中生智，立即把手中的灰烬和残纸扔进厕所，拿起一根棍子，飞快地捣呀，搅呀，直到灰烬消失得没有了踪影。此时，他们如释重负，脸上露出了微笑，心里充满了无比的欣慰。

钻出厕所，只见凶恶的敌人离他们越来越近了，他们跑到村西南角时，背电台的吴绍南与敌军遭遇了。吴绍南灵机一动，拉响了手榴弹，电台被炸毁了，他也献出了年轻而宝贵的生命。

"我们要活着冲出去，找到首长，找到部队。"崔增贤和李俊谭冒着敌人的枪林弹雨，一会儿快速奔跑，一会儿匍匐前进，敌人大炮的封锁、机枪的扫射、骑兵的堵截，都没有拦住他们。

28日中午，他们终于找到了兄弟部队。韩旅长看他们归队心切，便立即派人与他们的部队取得了联系。29日上午，他们回到了自己的部队，就像失散的孩子回到母亲的怀抱一样，他们的心情久久不能平静。看到眼前一张张熟悉的面孔，他们忍不住流下了激动而又酸楚的泪水。随即，他们将焚烧密码和分组突围的经过详细地向首长做了汇报。

司令员赵承金关切地说："我们最担心的就是你们机要人员和密码的安全，我们第一批派人出去寻找的就是你们机要股。"

话音刚落，政委何善远语气沉重而又坚定地说："这次我们机关脱离部队，算是鸡蛋碰到了碌碡上。同志们都表现得很勇敢，特别是你们机要人员在非常情况下，对密码做了妥善处置，保住了党的机密。你们没有辜负党的培养和期望！"

坚决革命的同志

董振堂曾经在冯玉祥的部队中担任职务，从排长一直干到师长，参加了1924年10月23日的北京政变和北伐战争，1930年秋任国民党原第二十六路军第七十三旅旅长。善使阴谋诡计的蒋介石企图把董振堂调往江西"剿共"，让他和这支杂牌军一起与红军拼杀。但董振堂和部队官兵洞察到蒋介石的阴谋，都不愿意南下。七十三旅的官兵甚至把铁路都破坏了，坚决拒绝南下。

蒋介石精心设计的第三次"围剿"失败了，国民党第二十六路军随即转移到宁都地区。国民党第二十六路军伤亡惨重，再加上大部分官兵水土不服，各种疾病在部队流行，有很多士兵因为感染疾病而死亡。九一八事变发生后，东北三省相继被日军占领，国民党第二十六路军的大部分官兵强烈请求北上参加抗日，保卫国土不受敌人的侵犯。国民党的许多高级将领也纷纷致电蒋介石，要求北上痛击日本侵略者、保卫国家，但他们的请求都遭到了蒋介石的训责和重兵的重重阻挠。

董振堂在宁都县城苦苦困守了好几个月，每天听到的、看到的、面对的都是红军强有力的宣传鼓动和区别于国民党反动派的革命活动，董振堂明白了，他终于找到了方向，看到了光明，看到了中国的希望。董振堂特别痛恨蒋介石"攘外必先安内"的政策，革命之心非常强烈，共产党立即派赵博生与董振堂取得了联系。1931年12月14日，董振堂和赵博生、季振同等率部在宁都起义，加入红军革命队伍。

宁都起义，在中国革命史上写下了光辉灿烂的一页。这次起义，把蒋介石的反革命阴谋彻底打乱了，革命武装随即越来越壮大。

1932年4月，董振堂光荣地加入中国共产党。为了表示自己忠贞坚定的革命信念，董振堂把积攒的3000多块银元全都交了党费。董振堂率部先后参加了赣州、漳州、南雄水口及中央苏区第四次、第五次反"围剿"等战役战斗，并被中华苏维埃共和国临时中央政府授予红旗勋章，还当选为中华苏维埃共和国中央执行委员会委员。

1934年10月，艰苦卓绝的长征开始了，全军长征后卫的重要任务交给了董振堂。他率领部属三过草地，完成了多次阻击国民党军队的任务，在顺利保障红军长征和中央红军主力北上的过程中，立下了赫赫战功。因此，董振堂率领的红五军团也荣获了"铁流后卫"的光荣称号。

1935年6月，红军第一、第四方面军胜利会师后，董振堂率领的第五军团改称第五军，他任军长。1936年10月，他奉命率领所属部队西渡黄河。1936年10月下旬，在甘肃河西走廊地区，红军两万余人准备执行宁夏战役计划。1937年1月，董振堂奉命率领红五军迅速攻占了甘肃高台县城，驻守县城的国民党部队共1400余人全部缴械投降。高台人民欢呼雀跃，沉浸在庆祝胜利的气氛中。这时，不甘心失败的敌军马步芳、马步青集中五个旅约两万人的兵力包围了高台县。敌人用一部分兵力牵制临泽地区的红军西路军第九军、第三十军的增援，剩余兵力猛攻高台县城。面对近十倍于己的敌人，董振堂率部昼夜血战，打退了敌军无数次的猛烈攻击。在战斗中，董振堂带领全体官兵向党庄严地宣誓："我们要流尽最后一滴血，战斗到底！"经过七天七夜的激战，部队伤亡惨重，董振堂被迫率部入城坚守。1月20日，在敌军强大的炮火攻击下，收编的民团叛变，第五军主力两个团、骑兵团，以及总部特务团3000余人全部牺牲。董振堂双手持枪，带领警卫员跳下城墙与敌人苦战，战至弹尽，壮烈牺牲。

当听到董振堂牺牲的噩耗，广大红军将士悲痛不已。在延安，中共中央在宝塔山下为董振堂举行了隆重的追悼会，毛泽东参加了董振堂的追悼会，并动情地说"路遥知马力"，称董振堂是"坚决革命的同志"。董振堂在敌众我寡的情况下，战斗到最后一刻，流尽了最后一滴血，用生命践行了忠诚于党、一心向党的信念。

艰难的会师

1930年2月，红七军攻打南宁的战斗打响。

战斗中，李明瑞和军长张云逸坚持深入一线，靠前指挥。然而没过多久，云南军阀攻打桂军李宗仁，南宁遭到万余名滇军的疯狂进攻。

当时，由于对统一战线重要性的认识还不够深刻，战略运用不是很得当，李明瑞不仅杀掉了滇军的代表，还组织部队与滇军在果化一带进行了五天五夜的消耗战。双方伤亡惨重，红七军困难重重。

"如不能坚持，便会合朱德、毛泽东。"李明瑞欲执行之前的中央指示。他们决定8月出发，到中央苏区会合。

天有不测风云。由于受错误路线的严重影响，部队还没有出发，便遭受重大挫折，李明瑞也因此遭受了严重的磨炼和考验。

此时，邓小平、李明瑞、张云逸主动担当起领导部队的重担。为了尽快与中央红军会师，他们力排各种干扰，暂时在粤、桂、湘边界活动，以便相继进入江西。

1930年底，隆冬时节，严寒难耐。没有见过雪的红七军官兵身着单衣单裤，在极度艰难的条件下奔袭湖南道州、江华。虽然天气寒冷、条件艰苦，但官兵们看到高级干部将冬服、被褥让给战士，把马匹让给病号，都十分感动，备受鼓舞，士气高涨。李明瑞率领红七军指战员战严寒、斗风雪，胜利地完成了奔袭任务。

受风雪所阻，疲惫的官兵们在江华休整了四天。那时，整个红七军就只有3500人了。于是，他们将部队缩编为两个团，李明瑞兼任五十八团团长，张云逸兼任五十五团团长。

当时，为了更好地战胜困难，提升部队战斗力，部队做出了"可自由退伍的决定"。但是，大家对李总指挥、张军长、邓政委十分信赖，除十几个人离开部队外，绝大多数战士还是留了下来。

1931年1月，李明瑞组织部队进军广东的连山、连县和乳源县的梅花镇，想和那里的绿林武装结合，建立根据地，再经乐昌、仁化，沿湘赣边境进入赣南，与中央红军会合，但目的没有达到。

没过多久，湘粤军四个团来攻，红军大部分官兵伤亡，师长李谦、团长章健等壮烈牺牲。

李明瑞见状，果断组织部队撤退，星夜兼程至乐昌河，在韶关、乐昌的杨溪附近偷渡。乐昌河水深船少，但渡河人数多，李明瑞十分着急。敌人的两个团火速从韶关赶来围堵，五十五团与五十八团已经失去联系。

情况万分危急，部队处于即将全军覆没的绝境。邓小平、李明瑞镇定自若、临危不惧，率领五十五团强渡乐昌河，与敌人展开殊死搏斗，最后终于冲破了敌人的封锁和围堵，强行渡过了乐昌河。

"我们不要怕，革命是有出路的。这一次，我们一定要突围出去，与朱德、毛泽东会师。"渡河后，负责收容队伍的李明瑞鼓舞大家。

渡河的胜利，使官兵们的斗志更加昂扬、信念更加坚定。1931年4月，经过艰苦卓绝的努力，李明瑞率领的五十五团与张云逸带领的五十八团终于在永新重新会合。

会合之后，李明瑞指挥了红七军从广西的恩隆、奉议、田州出发，经黔、桂、粤、湘、赣五省边境的长征。

苦尽甘来。自1930年10月到1931年7月，李明瑞带领所属部队，历时10个月，行程6000千米，经历大小战斗百余次，在两团会师只剩下2000多人时，终于完成了中央赋予的会师朱德、毛泽东的任务。

精神的力量系列丛书

初心的力量

★

甘受委屈跟党走

1933年9月，蒋介石对中央苏区发动了第五次"围剿"。黎川作为战略要地，成为敌我双方争夺的焦点。进犯黎川县城的，是陈诚指挥的北路军周浑元部的三个师。

大敌当前，博古和李德坚持死守。被剥夺了红军指挥权的毛泽东则主张放弃，诱敌到福建建宁、泰宁一带，集中红军主力消灭敌人。负责黎川前线指挥的萧劲光赞成毛泽东的看法，他给前总（前方总指挥部）发电，建议让出空城，集结主力于黎川东北部，从侧面打击敌人。然而，萧劲光接到的命令是"死守黎川"。

大敌压境前一个星期，李德将萧劲光的主力十九师调往福建，将独立师调往峭石，以解该地之危。黎川几乎成了一座"空城"，只剩下萧劲光率领的一支70人的教导队和一些地方游击队。不久，闽赣省委和省政府也率机关撤出黎川城。

周浑元部开始向黎川发起进攻。萧劲光率教导队和游击队在城外与敌巧妙周旋。尽管小心翼翼，但因兵力严重不足，萧劲光率部撤出黎川，退到60千米外的溪口。

9月28日，黎川失守。

黎川失守后，中央苏区北大门洞开，"御敌于国门之外"成为泡影，博古和李德十分恼怒。萧劲光被召到前总所在地福建建宁。

这一天，一位负责人找到萧劲光，递给他一本前总的机关刊物《铁拳》。刊物的总标题是"反萧劲光机会主义专号"，萧劲光大吃一惊。

"这是什么意思？"萧劲光大声问道。看完《铁拳》登载的有关文章，他心里有一股说不出的怒气。

"丢黎川，原因在哪里，前总调查了没有？事情没弄清楚，问题就定了性，批判文章也出来了，而且这么快，才两天。这不是早就准备好了吗……是我搞机会主义还是黎川的这种打法不对？"萧劲光不服气，言辞尖锐地申辩。

60

"你应该服从党的决定，"前总负责人一锤定音，"尽管事实可能有出入，但是党已决定在军队中开展反对以你为代表的右倾机会主义路线的斗争，以教育全党和全军。"

"如果是这样不讲事实，我还有什么可讲的呢？"谈话后，萧劲光被关押了。

1934年1月6日上午，最高临时军事法庭在瑞金对萧劲光实行"公审"。

一阵高呼口号后，宣布开庭。书记员宣布了对萧劲光的控告书，其"罪状"：黎川失守。之前，萧劲光对"公审"内容一无所知。

萧劲光大惑不解，当场向执行主席质辩："我手中的兵都被调走了，敌人是一个军三个师，我只有70人的教导队和地方游击队，怎么能守住黎川？在几乎被敌人包围的严重情况下，我才带队伍跑出黎川。"

"为什么不发动群众？"执行主席问。

"省委、省政府都撤走了，我靠什么发动群众？即使发动群众，他们赤手空拳，怎么对付得了那么多荷枪实弹的敌人？"执行主席哑然。

听了萧劲光的一番辩白，显然，"罪责"不成立。

在没有充分证据的情况下，大会执行主席宣布"公审"结果：开除萧劲光的党籍和军籍，判处五年徒刑，无上诉权。

"公审"萧劲光，毛泽东并不知道，他正受排挤坐"冷板凳"。博古曾对李德说："不要在中央军事委员会谈及这个问题，毛泽东对这个问题反应很敏感，他们都是执行同一条路线。"

"公审"大会之后，毛泽东闻讯，委托贺子珍去看望萧劲光。贺子珍找到萧劲光，转达了毛泽东的话："黎川失守是'左倾'军事路线造成的，你应该撤退，做得好。"

一个月后，在毛泽东的保护下，萧劲光"获释"，并被任命为红军大学教员。长征开始时，他被任命为军委干部团上级干部队队长。

1935年1月，中共中央在遵义召开政治局扩大会议。此时，萧劲光的干部队和罗炳辉的红九军团后卫部队正经过娄山关向遵义前进。

娄山关距离遵义仅40千米，是川南通向遵义的大门，军事地理位置十分重要。没想到，萧劲光和罗炳辉部在这里被川军刘湘的一个师咬住。

情况发生变化，罗炳辉问萧劲光："我们是否按原先上级命令向遵义靠拢？"

"军委首长不知道这里的情况，如果娄山关被敌人占领，遵义领导机关和数万大军就危险了。"萧劲光说。罗炳辉同意扼守娄山关的主张。他们决定，由上级干部队和红九军团一个连守娄山关，罗炳辉前往遵义向军委报告情况。

萧劲光对大家说："敌人一个师，我们两个连，有悬殊，我们不能硬拼，要巧守娄山关。万一我们与主力部队分开，就留在外面打游击。"

大半夜，萧劲光等200多人屏住气，不放一枪。万籁俱寂，这倒把数千敌军给吓住了，敌人还以为娄山关埋伏了千军万马。子夜过后，萧劲光凭借经验，笑着对战士们说："看来这一仗是捞不着打了。"

不出所料，敌人害怕埋伏，连夜撤到娄山关外10多千米。

天刚刚露出鱼肚白，罗炳辉的通信员便送信来了，说主力部队在遵义附近打了一个大胜仗，要在遵义休整。

萧劲光赶到遵义城的当天晚上，周恩来约见他。

"萧劲光同志，"这是见面后周恩来的第一句话，他握住萧劲光的手说，"干部队的同志都到了吗？有没有伤亡？"

"没有伤亡，一个没有。"萧劲光太激动了。

"娄山关你守得好，为大部队安全转移立下了功劳。"周恩来说。谈话中，萧劲光才知道中央在遵义召开了重要会议，毛泽东又回到了党中央和军委的领导岗位。

"会议为你平了反，"周恩来郑重其事地说，"你的问题过去搞错了，取消了对你的处分，决定恢复你的党籍和军籍。中央还要考虑重新安排你的工作。"

萧劲光激动得落下了眼泪。数十年后，在回忆当时的情形时，他说："毛主席的正确路线取得了胜利，我盼望已久的这一天终于来到了！"

四渡赤水后，萧劲光被调到彭德怀的红三军团，接叶剑英任军团参谋长。

历史对"黎川事件"，终于做出了公正的评判。

永不消逝的电波

在电影《永不消逝的电波》中，共产党的通信和情报战线上的忠诚战士、党的地下工作者李侠的形象，曾教育和影响了无数观众。这部电影是根据党的地下工作者李白的真实事迹改编而成的。

1925年，参加农民运动的李白加入中国共产党。1930年秋，他参加了中国工农红军，在红一军团红四军政治部当宣传员。1931年6月，红一方面军总司令部利用反"围剿"时缴获的国民党军的电台，在苏区成立了无线电培训学习班，李白被挑去参加无线电的学习培训。结业后，李白担任了红五军团第十三军军部无线电队的政治委员，参加了中央革命根据地第一至第五次反"围剿"战斗。1934年10月，他随中央红军开始艰苦卓绝的长征，在红五军团司令部无线电队担任政治委员。长征期间，李白提出了"电台重于生命"的口号，带领无线电队圆满完成了通信保障任务。在过杳无人烟的草地时，李白所在的无线电队被编入红四方面军。

抗日战争爆发后，李白根据党中央的指示到达上海建立秘密电台，负责上海与延安的秘密通信。经过反复试验，他在上海与延安之间架起了一座"空中桥梁"。李白的工作环境非常艰苦，夏天阁

楼如火炉，冬天阁楼如冰窖，夏天衣服拧出水，冬天指头冻得又僵又肿，但为了党的事业，他仍强忍痛楚坚持发报。1942年9月的一天，李白在阁楼上发报时，不幸被日军的电台侦获而被捕，敌人用尽了所有的酷刑，也没有从李白的口中得到任何消息。后来党中央设法营救，李白于1943年6月被保释出狱。为了防备敌人的阴谋诡计，出狱后的李白暂时没有被安排党的地下工作，而是到一家糖果商店去当售货员，以此来掩护自己的身份。

1944年秋，李白受党组织的指派来到浙江淳安，打入国民党军委会国际问题研究所当了一名报务员。他充分利用敌人的电台进行共产党的秘密工作，其间传送了大量的秘密战略情报。1945年3月至4月间，敌情突然紧张起来，李白只好撤出淳安。在这之前，因李白以前取得的电台登记证明早已过期，还没有来得及重新申请登记，国民党怀疑他私设电台，又一次把他抓到了监狱。后经党中央协调有关单位出具证明，李白才得以获释。

抗日战争胜利之后，李白怀着无比激动的心情写信给父亲："日本已投降，我们胜利了！男儿为国家民族奋斗多年，总算亲眼看见了今日，以后当然只有加紧国内团结，建立新中国。"1947年秋，李白在没有任何职业的掩护下，一如既往地坚持收发报，甚至连自己的父亲去世，他也没有回去料理。李白在写给弟弟的信中说："我因远居异境，不但没有尽到半点照顾之责，连父亲一面之缘都没有，实是抱憾终天！"李白的这些信充分表明他是一个自觉遵守党的纪律、忠诚于党的事业的革命战士，也表现出一名党员公而忘私的崇高品质。

1948年12月30日，天刚刚亮，李白在准备调试新组建的秘密预备电台时，被国民党淞沪警备司令部稽查处逮捕。李白在狱中写给妻子裘慧英的信中说："我在这里一切自知保重，尽可放心。家庭困苦，望你善自料理，好好抚养小孩为盼。"

在监狱中，国民党反动派刑讯逼供长达30多个小时，李白视死如归，始终严守共产党的机密，同国民党反动派进行了坚决的斗争，保持了共产党人的坚贞革命气节。同时，掩护了共产党的地下组织和重要机密，特别是保护了秘密预备电台，保证了党中央的指挥通信联系畅通无阻，直至上海彻底解放。

1949年5月7日，忠诚于党的李白同志在上海浦东戚家庙被国民党反动派秘密杀害，英勇就义，终年39岁。20天后，国民党反动派被赶出上海。中华人民共和国成立后，李克农同志始终怀念李白，建议将李白的事迹搬上银幕，这才有了20世纪50年代家喻户晓的电影《永不消逝的电波》。

从奴隶到将军

1897年12月22日，罗炳辉出生在云南彝良一个贫苦家庭，从小过着牛马不如的农奴生活。16岁那年，罗炳辉离家出走，到滇军唐继尧炮兵队当了一名炮兵。

1926年7月，国民革命军从广东出师北伐，罗炳辉任第三军二十五团二营营长。9月，部队攻打南昌重要门户牛行车站时，遭到敌人猛烈的炮火攻击。罗炳辉率领全营官兵英勇冲杀，身受枪伤，他强忍剧痛，终于摧毁了北洋军阀在南昌的外围据点牛行车站，为北伐军占领南昌立了头功。

蒋介石发动"四一二"反革命政变后，滇军朱培德部倒向反革命一边。罗炳辉是一个有正义感、爱憎分明的军官。有一次，他看到新军阀部队中有的军官贪污军饷、吃喝嫖赌，气愤地说："士兵的薪饷是血肉换来的，当官的吃兵饷，就是喝兵血。"不久，就有军官对他冷眼相对，伺机报复。

1928年冬天，罗炳辉被一批反动军官捏造了十大"罪状"，说他是共产党。当时他虽不是共产党员，但已经认识到共产党是彻底革命的组织，军阀是没有前途的。不久，他愤然离开了朱培德部。

1929年7月，罗炳辉秘密加入中国共产党。根据党组织的指示，这年10月底，他领导了著名的吉安起义，参加了工农红军。

罗炳辉加入工农红军后，坚决执行党中央和朱德总司令、毛泽东总政委的指示，采取灵活机动的战略战术，率领部队参加了第一至五次反"围剿"，接连获胜。

红军长征中，罗炳辉任红九军团总指挥，率领红九军团位于左翼，负责打开通路，抢占要点，掩护中共中央和红军主力转移。

1935年3月下旬，中央红军四渡赤水，意欲北渡长江，与红四方面军会合，在四川西北部创建新的根据地。但渡江不成，又被国民党军六个师咬住不放，军委毅然决定率红一、红三、红五军团南下乌江，并决定红九军团暂留黔北活动，牵制尾追之敌。

为了把敌人引到自己身边，保证红军主力渡过乌江，罗炳辉采取佯装措施，使国民党军误以为红军主力要与湘黔边的红二、红六军团会师。国民党军仓促调兵遣将，绕道堵截。就这样，罗炳辉指挥红九军团虚张声势，声东击西，把国民党几个师的"追剿"军弄得晕头转向、疲惫不堪，成功掩护了中共中央、军委及主力部队顺利渡过乌江。

罗炳辉为掩护中央和主力红军北上做出了重要贡献，充分表现了他对革命事业的无限忠诚，他用毕生的精力实现了自己入党时的誓言。

把一切献给党

　　吴运铎老家在湖北，后来在江西萍乡煤矿安下家。

　　1925年，吴运铎参加了矿上的儿童团，经常到工人俱乐部里看节目、听演讲，接受革命道理。

　　1927年4月，蒋介石叛变革命，疯狂地镇压工人运动。革命先驱的鲜血洗礼着吴运铎那颗幼小的心灵。

　　后来，日军占领了煤矿，矿山暗无天日。白天，枪声不断；入夜，大火冲天，遮没了星斗。吴运铎决心离开矿山，投奔新四军。

　　1938年秋天，吴运铎和三名工友跋山涉水，奔赴南昌，找到了新四军办事处。由于他们是工人，便被分到了修械所，负责修理枪支。当时，新四军很缺武器，一些战士还用鸟枪、土铳打仗。

　　为尽快把枪支修好，送到前方将士手中，吴运铎勤学苦干，很快就学会了修理各种枪支，制造各种步枪的零件。后来，他又和战友们一起白手起家，在山沟里建立了第一座兵工厂，制造新步枪。吴运铎成为工人阶级先锋队的一员。

　　随着兵工厂规模的扩大，吴运铎担任了步枪子弹厂的厂长。当时，根据地没有造引发炸药——雷管的材料，只能从旧炮弹里

挖取，危险性极大。一天早饭后，吴运铎一个人小心翼翼地挖取炸药。签子一接触炸药表面，轰的一声，雷管在他左手里爆炸了，吴运铎当即痛得昏倒在地。战友们把他送到医院，他一连十几天昏迷不醒。刚一恢复知觉，他就躺不住了，挣扎着从床上坐起来，设计制造炮弹的方案和结构草图。吴运铎一心想着工作，想着前方需要，伤未痊愈就坚决要求出院。他不知疲倦地工作，先后研制成功了炮弹、各种地雷、枪榴筒和枪榴弹等武器弹药，有力地支持了前线。

抗战胜利后，组织上送吴运铎去东北治病。不久，蒋介石挑起内战，大举进攻解放区。吴运铎再也不能安心养病了，再三请求恢复工作。当地党组织正准备建立大规模的炮弹厂，吴运铎被留下来担任总厂工程部副部长兼引信厂厂长。

一天清早，吴运铎带了十几名同志和八颗炮弹来到傍海岸的山脚下进行爆炸试验。他怕发生意外，就让同志们留在山外边，自己和炮弹厂厂长吴屏周走进山里进行实爆。第一颗炮弹爆炸成功后，一连试了几颗都顺利爆炸了，可到了第七颗却"哑巴"了。他俩争着前往排险，来到炮弹跟前，刚蹲下身子，炮弹爆炸了。强烈的气浪把他俩抛出五六丈远，吴屏周当场牺牲。吴运铎跌落在海滩上，左手腕被弹片截断了骨头，右膝盖下被炸劈了一半，脸上全是伤口，成了血人。

同志们迅速把吴运铎送往医院。医生用剪刀剪去他剩下的衣服，要把那些大块弹片取出来，可是没法下手。他浑身是窟窿，没法施行局部麻醉，如果施行全身麻醉，又怕他再也醒不过来。医生只好不用麻醉，用刀和钳子硬取。剧烈的疼痛使他从昏迷中醒来，醒来后又昏了过去……

与死神搏斗十多天，吴运铎再次挺过来了。随着解放战争的胜利，部队缴获了大批美式大炮，急需大量美式炮弹。这种炮弹构造很复杂，总厂厂长几经考虑，决定把设计信管的任务交给吴运铎。他受领了任务后一刻也不耽误，在医院里忍着伤痛夜以继日地研究设计。经过两个多月的紧张工作，信管的图样全部完成了。一个秋高气爽的日子里，吴运铎带着累累伤痕和崭新的图纸回到工厂，又投身到火热的工作中去。

铁面无私斗表兄

1929年1月，阳天嶂游击队面临空前困难。恰在这时，毛泽东和朱德率领红四军从井冈山山区到赣闽粤边界开辟新的根据地，来到寻乌。

红军途经寻乌大田，为了欢迎毛泽东和朱德，阳天嶂游击队和寻乌人民派古柏前往迎接。次日，红四军组织阳天嶂和附近几十里的群众在大田召开了群众大会。

会后，寻乌军事委员会在阳天嶂成立，古柏任主任委员。同时，红军第二十一纵队成立。

1929年冬天，第二十一纵队成立后的第一场战役就是攻打大田。古柏的外公是大田的头号地主梅洪馨，表兄是大田"民团"团长。知道内情的人听说攻打大田的消息后，不免犯起了嘀咕："古柏带红军打大田？那位梅老太爷可是他亲戚哩！""什么亲戚！古柏为穷人闹革命，才不管亲戚不亲戚哩！"熟悉古柏的人反驳道。

大田战斗正在有序地进行。这时，一封来信送到了古柏手中："梅老太爷已去世，请古柏去大田梅家吊丧。"信是表兄写来的。

这是什么花招？想陷害？想拉拢？一连串的问号萦绕在古柏的

脑海中。

古柏与纵队其他领导商量后认为：以红军目前的实力，敌人要的只不过是暂时妥协以争取时间的花招而已。因此，为了减少伤亡，古柏一面加紧备战，一面将计就计，亲自面见"民团"团长。

次日，天蒙蒙亮，古柏便带着战士陈必达来到了大田岗楼前。

"什么人？"岗哨警惕地喝道。

"古柏！"古柏大声说。此时，岗楼里一片骚动，好半天没应一句话。

"你来有什么事？"哨兵怯弱地问道。

"快开门，来给你们团长吊丧的！"又等了片刻，门缓缓地打开了。古柏迅速走了进去，只见敌军个个神情慌张，如临大敌。古柏扫了他们一眼，说："你们听着，你们已经穷途末路，团长请我来吊丧。我们打土豪、分田地，都是为穷人着想，你们大多数是穷人，家人吃不饱穿不暖，还替他们卖命，这是算的哪门子账？"

这时，一个地主狗腿子气愤地咆哮着："不许煽动！"

"喊什么！你们已经无路可逃，谁顽固不化，我们对他不客气！"古柏厉声喝道。

有一个狗腿子还想嚷嚷，他们的团长从后面钻了出来，喝道："住嘴！"然后摆出一副笑脸，对古柏说，"老表弟来得早呀，失礼！失礼！"古柏不露声色地对他说："我吊丧来了，不过不是给老太爷，而是给你们！"

团长赶忙接过话茬："今天不谈这个，不谈这个。"他接着说了一大串恭维的话，言语之间，无非是想叫古柏不要打大田，保护梅家的财产。

"够了，够了，别说了！"古柏实在听不下去了。

临走时，他斩钉截铁地告诉表兄团长："大田一定要打！土豪一定要缴械投降，争取宽大处理；顽固不化，由他自食其果。至于对你们如何处置，那完全由人民的意志来裁决！"

古柏的一席话把团长惊呆了，等他回过神来，古柏早已离开了岗楼。

不久，古柏带领红军顺利拿下大田，活捉了表兄团长，烧掉了岗楼，把梅家的全部财产分给了当地穷人，赢得了群众的啧啧称赞。

精神的力量系列丛书
初心的力量

草地上的临时支部书记

　　红十师话剧团进入草地20多天了，可面前的草地就像永远没有边际。二三十个人由于体力不支落在了队伍后面，但他们依然一步步地向前挪动。

　　在渡过一条小河之后，他们实在走不动了，就躺在河对岸的草地上。不一会儿，凹下去的地方就出现了一个小水坑。"起来，这儿怎么能躺下？同志们，咬紧牙关，一定要赶到前面的小山上去！"当掉队的同志实在没有力气、昏昏欲睡的时候，一个洪亮的声音传来，使他们一惊，不约而同地坐了起来。

　　说这话的是红二十八团三连的李副连长，只见他背上还背着一个"红小鬼"。他是因为收容掉队的同志而落在了队伍后面。在李副连长的催促下，大家又打起精神向前走去。从河边到小山只有三里路，可是他们走了将近两个小时，到小山上的时候，已经是黄昏。

　　一到小山上，大家又横七竖八地躺在地上。李副连长看到大家丧气的样子，就鼓励大伙儿说："我们是红军战士，再困难也不能垂头丧气……"接着，他把大家集中起来做好分工：伤势较轻的同志去挖野菜和软草；伤势重的，把树下的树枝、落叶集中起来烧火。天渐渐黑下来，火生起来了，李副连长却不见了。原来他打猎去了，收获还不小，带回来了一只山羊。饿极了的战士们拔出刀子，三下五除二就把山羊分了，然后把割下的山羊肉放在火上烤，油珠滴在柴火上噼啪作响，煞是诱人。

大家都在吃羊肉，可是李副连长在一旁默不作声地吃野菜，望着远方，若有所思。一个伤员把一块羊肉递到李副连长面前，他推掉了，说道："我还能动弹呢！省下点，让重伤员多吃几口。"大家左劝右劝，李副连长才拿起一块羊肝咬了几口。

饭后，李副连长提议成立临时党支部，大家一致推荐他为支部书记。选举后，支部书记号召大家："我们党团员要起模范作用，做无产阶级的硬骨头……越艰苦，我们越要团结，坚决走出草地，赶上大部队。"

大家都睡下后，支部书记把山羊皮上的毛烧去，切成块，和野菜、软草一起煮起来，准备明天一早开饭。

经过一夜的休整，重伤员也能勉强行动了，支部书记领着大家继续前进。饿了，吃一口野菜；渴了，喝两口污水。尽管很疲乏，但当他们听到支部书记唱的大别山山歌，听他讲起1932年冬天过秦岭的故事，就忘掉了疲劳。

一天，一个重伤员正走着，忽然就昏倒了。待他苏醒后，支部书记交给他一个用树叶包起来的小包裹，他打开一看，原来是那块只咬了几口的羊肝。这个曾出生入死、参加过无数恶战的红军勇士泪流满面，周围的人无不动容。

九个炊事员

　　长征的时候，红三军团一连只有九个炊事员。炊事班班长姓钱，矮个子，面皮黝黑，平时不太爱说话，是江西吉安人；副班长姓刘，中等身材，好说笑话，是江西兴国人；挑水的老王，也是江西老乡。其余几个人，可惜已没有人记得他们的名字。

　　部队一出贵州，炊事班班长就闹眼病，两只眼红通通的，肿得像两只桃，但他还是挑着70多斤重的担子，拄着棍子跟着部队走。开始，他的眼睛只是淌眼泪，后来流起血水来，可他还是不闲着，总是找活儿干……

　　有一天早上，一名炊事员挑着铜锅在前面走，突然身子一歪倒下去，一声不响就牺牲了。第二个炊事员跑过去，铁青的脸上挂着眼泪，他擦擦眼泪，捡起铜锅又挑起来往前走。

　　草地里的天气变得快极了：一会儿是狂风，吹得人睁不开眼；一会儿又是暴雨，淋得人直起鸡皮疙瘩。正午，雨下大了，部队停下休息，炊事班赶忙找了个地方支起锅，烧姜汤、辣子水给战士们解寒。汤烧好了，刚才挑铜锅的炊事员端着碗往战士手里送。他刚把姜汤递给战士，便一头栽倒在地上，停止了呼吸。仅仅半天工夫，就有两个战友牺牲，大家伤心欲绝。

刚到后半夜，老钱发着高烧，偷偷爬起来，为战友们烧开水。战友们要他休息，可他怎么也不肯，司务长谢方祠就起来帮助他……

钱班长一边烧水，一边催促司务长："老谢，你去休息吧，我一个人就行了。"借着火光，司务长谢方祠分明看见钱班长脸上滚动着黄豆大的汗珠，觉得有点不对劲，刚要问他，只听他用低沉的声音说："老谢，给我点水喝！"水烧开了，谢方祠忙把锅盖掀起来，忽然听到后面扑通一声，回头一看，老钱倒在地上不动了。谢方祠急忙上前几步，伏在他身上叫着、喊着。灶膛里火光熊熊，他的身体在谢方祠胸前渐渐变凉了，炊事班一片哭声。

第三天，铜锅又被另一名炊事员挑着前进。每天宿营，部队还是有开水和洗脚水。

部队到达陕北的时候，那只铜锅担在了谢方祠的肩上。连长看见了，低下了头；战士们看见了，眼泪马上就流出来。大家嘴上不说，心里都悲痛万分，九个炊事员全牺牲了，有的甚至连名字都没留下。可是，在最艰苦的长征中，一连的战士，除了战斗减员以外，没有因饥饿而牺牲一个人，而那口标志着烈士们功绩的铜锅，至今仍被珍藏在一连的荣誉室里。

宁可站着死　绝不跪着生

　　1941年1月，桂林的一所国民党监狱新关进了一批"犯人"，他们是"皖南事变"中被俘的新四军战士。其中，有一位气度不凡的将军，他就是新四军军长叶挺。

　　一天，蒋介石专门"召见"叶挺。他深知叶挺的军事才能，知道他不是共产党员，便想利用一切手段诱劝他加入国民党，为自己卖命。见叶挺进来，蒋介石便假惺惺地嘘寒问暖，又是递烟，又是倒茶。

　　"我知道你不是共产党，你可以参加国民党，一个革命者是不能中立的。"蒋介石摆出一副关心的神态说。

　　叶挺当即答道："现在我是一个囚徒，在我恢复自由以前，根本不能考虑这个问题。假如此时我参加国民党，我就是一个毫无人格的软骨头，你们要软骨头有什么用呢？"

　　叶挺早在1924年12月就加入了共产党，只是南昌起义失败后同党失去了联系。他早就下定决心跟着共产党走，重新回到党的怀抱。蒋介石的花言巧语，始终没能打动这位有着坚定信仰的北伐名将。

在监狱里，叶挺和战友们利用各种形式揭露国民党反动派袭击新四军的罪行，坚决要求国民党释放"皖南事变"被囚人员。

蒋介石为掩盖罪行，先后派亲信顾祝同、陈诚等对叶挺进行拉拢利诱，想用战区副司令长官的高位来收买他，甚至不惜亲自出马劝降，但都遭到叶挺的严词痛斥。

在敌人的利诱面前，叶挺明确表示："头可断，血可流，志不可屈。""要打要杀由你们，要我屈服不可能。"

蒋介石万般无奈，最后用家人团聚、骨肉之情来软化他。但这也不过是反动派的痴心妄想！

叶挺在狱中写下了著名的《囚歌》："为人进出的门紧锁着，为狗爬走的洞敞开着，一个声音高叫着：爬出来呵，给你自由！……人的躯体那（哪）能从狗的洞子爬出……"

出狱后，国民党给他送来了官服，叶挺坚决地说："我穿的军衣是新四军发的，我要穿回去。"

为了七连的荣誉

　　1948年9月17日，是中华民族的传统节日——中秋节。自华东野战军发起济南战役至今，部队迅速扫清了济南外围，准备发起对济南内城的攻击。九纵七十三团领受任务后，把突击任务交给了被誉为"常胜连"的七连。动员会上，团长兼政委孙同盛将绣着"打到济南府，活捉王耀武"的金字红旗交给了七连。

　　黄昏时分，七连分散隐蔽，进入与敌军只有一条护城河之隔的冲锋出发地。

　　6时10分，两枚绿色的信号弹腾空而起。随即，七连阵地上的炮弹呼啸而出，落在敌方守军城头，顿时腾起一串火光，进攻济南内城的战斗打响了。

　　强大的炮火将对岸敌人的城防工事打了个稀巴烂，只剩下靠墙根的一个大地堡里的机枪还在疯狂地向七连阵地扫射。见此状况，五班爆破员孙喜一跃而起，巧妙地躲开火力点，用一个炸药包把它解决了。

　　接着，第一爆破班（六班）班长孙高亭带领两名战士扛起炸药包，直奔墙根而去。一眨眼工夫，城墙被爆破出一个缺口，连长萧锡谦弯腰一瞅，皱起眉头，喊道："口子太小，还得炸！"第二包、第三包、第四包炸药连续爆破，城头被撕开了一个三四米深的缺口，突击通路打开了。

硝烟还没有散尽，梯子组的成员就越过小桥展开作业。就在这个节骨眼上，敌人向爆破口展开疯狂的反击，机枪、步枪激烈地射击着，射击孔里、城墙的堞堡里不停地飞出成批的手榴弹、炮弹、燃烧弹、照明弹。敌人投掷下的大量油脂燃爆物，连续滚进护城河里，水面燃起熊熊烈火。火光把突破口、唯一的进攻道路和小石桥照得锃明雪亮，七连的一举一动全部暴露。等部队火力压住敌人的侧射火力时，梯子组的八名战士已经全部牺牲。

形势对部队构成严重威胁，接下来进行的两次进攻都失利了，人员伤亡过半。连长和指导员紧挨着肩膀，蹲在一道断墙根底下，谁也没有说话，空气像灌了铅一样沉重。难道党和首长的期望和全连战士的决心会落空？难道几十个战士的鲜血白流了？难道"常胜连"的荣誉就这样丢在济南城下？

经团政治处主任简短的鼓励之后，七连调整了组织，指定了各级干部代理人，并组织研究失利的原因。部队大部分伤亡都出现在小石桥到城墙根的这段路上，问题出在步炮协同、冲锋时机的把握上。原因找到了，新的作战方案应运而生。

第四次攻击开始。第一排炮火刚刚在城头上炸开，连长就带领梯子组和突击班悄悄穿过小石桥，直奔城墙根。眼看着梯子组已经把梯子架到城墙上了，炮火延伸的信号刚一升起，梯子晃动了一下，呲的一声架好了。三排副任佳学噌噌两步爬上去看了看，焦急地说："糟糕！还差一人多高够不着。"梯子组一听这话，不知哪里来的力气，几个肩膀猛然一齐用力，把梯子向前一推，梯子底脚靠近了城墙，几乎直立起来，可还是够不到缺口。连长急了，喊了声："梯子够不着也得突，快爬城……"他一把抓住二班班长李永江："给我突！"

李永江两手一抓梯子，嗖嗖地爬了上去，二班战士紧跟其后。云梯比城墙矮了一截，离爆破豁口还有一米多。李永江伸手一摸，墙壁溜滑，没地方抓。正着急时，小腿被什么东西一碰，一个脑袋钻了上来。"踏住我的肩膀，上！"原来是班里的于洪铎。李永江踏着于洪铎的肩头，扒住墙砖，飞身跃上城墙，用冲锋枪撂倒了扑上来的敌军。二班战士相继登城，向东南角的气象台发起攻击。

敌人见部队炮火延伸，立即从两侧顺着堑壕向突破口扑过来，妄图堵住登城战士。李永江来不及摘下枪，伸手从胸前掏出一颗手榴弹，咬开盖子甩出去。趁敌人一愣神，他把背后的枪转到胸前，一扣扳机打了个扇面，接着抢上几步，占领了气象台东北角的一段短墙。于洪铎刚一上来，正碰上从气象台北面屋里冒出的一股敌人，为首的一个家伙正要用机枪扫射。于洪铎来不及摘枪，徒手爬上去抓住敌人的枪管，往旁里一推，大喊："缴枪不杀！"和敌人扭打起来。两人正在滚打抢那挺机关枪，后面一名战士也爬上了城墙，他向敌人开了一枪，但是没打中。敌人却慌得撒了手，乖乖地把机枪缴了。

从气象台反击出来的30多个敌兵有的被打死，有的缴了枪，有的在后退时慌慌张张摔下城去。七连战士紧跟着几个残存的敌兵向气象台院子冲去，迅速占领了气象台。

指导员喊了声"通信员"，向他做了个手势。通信员矫健地攀上东北角的城墙，把那面大红旗牢牢地插在墙头上。

晨风掠过城头，红旗呼啦一声展开了。初升的阳光扑到旗上，旗面上"打到济南府，活捉王耀武"10个金色的大字闪耀在一片红光中。

让死神退却的人

他慢慢地睁开眼睛，先是看见了模模糊糊的光亮，定了定神，又看到了天空中数不清的星星在闪耀。很静，慢慢地，有虫鸣声飘进了耳膜。

"我这是在哪儿？"红十二师警卫连副连长张仁初清醒过来，他闭上眼睛，搜寻着脑海里的全部记忆。他想起来了，这个夜晚属于1932年7月18日，红十二师奉命攻打仓子埠。战斗太残酷了，红军是土枪、梭镖、大刀，敌人是洋枪、大炮，还有飞机。部队在敌人的立体火力网下进攻，张仁初带领的是突击队，红军战士不怕死，但在敌人的火力网前伤亡惨重。他记得战斗快要结束了，自己像是被人推了一把，仰面朝天倒在了地上。醒来的时候已经是午夜时分，他吃力地扭转头看去，夜幕下，周围横七竖八的全是尸体。他认识每一个人，都是他的突击队员。

他想喊醒他们，一张口，根本发不出声音，嗓子里像含了个火球。他动了动身子，腹部一阵钻心的疼痛。他慢慢地抬起手，向伤口摸去，摸到一块湿漉漉、黏糊糊的东西，甚至还带着他的体温。他不知道这是什么，但是，他知道这是从他肚子里流出来的东西，肚子里的东西就有用。他想动一动那个东西，一碰，浑身就像针扎一样。他横下一条心，抓起那东西，从腹部的伤口硬塞了进去，再次昏死过去。

张仁初再次醒来是被伤口痛醒的。他不能让自己再昏迷下去了，他解开绑腿，吃力地缠住了肚子，微微侧起身，判别着方向，慢慢地向部队驻地爬去。爬一步，伤口的血就往外涌，肚子里的东西就要往外流。他心里明白，再痛再苦，也要回到战友们中间，躺在这里，只有死路一条。他没想到过死，因为敌人还没有杀尽，革命还没有成功，他怎么能死呢？怎么会死呢？

张仁初又向前爬去，没爬出几步就被红军战地巡回的医务人员发现了。见到自己的战友，他长舒了一口气，又昏死过去。

等他再次醒来，是在简陋的红军医院里。医护人员没想到他能醒过来，告诉他，他已经高烧昏迷了四天四夜，腹部有一个很大的伤口，肠子流到了体外。他这时候才明白，塞进肚子里的是自己的肠子。没有消毒药水，医护人员只能用盐水把他的伤口冲洗干净，缝合上了。四天四夜，张仁初从阎王殿转了一圈又回来了。医生说他的生命力太强了，张仁初笑了，说："马克思不要我，让我继续打白军。"

这是张仁初参加红军后第四次负伤。从当红军的第一天起，打仗他必定是敢死队，大刀一挥，冲在最前头。1930年1月，在一次战斗中，张仁初冲在最前面，正和敌人拼杀的时候忽然感到胳膊被人猛击了一下，这是他第一次负伤。他不知道负伤是什么滋味，还是抡着大刀猛砍猛杀，直到占领了敌人阵地，才发现袖子已经被鲜血染红了。原来这就是挂彩，这就是负伤，这也就是光荣。他身体壮，伤又不是太重，很快就养好了。在他的心里，负伤如同被黑狗咬了一口，没什么大不了的。第二次、第三次负伤也都是在冲锋的时候，他不让卫生员包扎，流着血往前冲，把敌人打垮了再处理伤口。

张仁初将军身经百战，在漫长的革命战争岁月里负伤11次，第四次把肠子打出来了，是伤势最重的一次。最危险的一次，是1937年11月初伏击日军第四十旅团辎重部队，张仁初是八路军某团副团长，他率领三营作为主要突击队冲入敌阵，和敌人展开白刃格斗。正杀得兴起，忽然觉得脑袋轰的一声，眼前一黑就倒了下去。他醒来的时候已经躺在八路军医院里，医生告诉他，他从战场上被抬下来的时候，满头满脸都是鲜血，人事不省，一检查，是一颗子弹击中了头部。不知道是张仁初的头部太"硬"，还是那子弹犯了什么邪，子弹穿破头上的皮肉，在头骨上划了一道沟，拐了个弯，又飞走了，没有进入张仁初的脑颅里。张仁初扳着手指数了数，说："这是第七次负伤喽，没办法，革命战士的敌人多，不把日本鬼子消灭了，马克思还是不想让我去。"

张仁初戎马一生，身经百战，酷爱耍大刀、拼刺刀，当了团长，两军对阵，有时候他还把军衣一脱，光着脊梁，带着突击队，背起大刀就冲上去。可以说，每一次战斗，张仁初都是和死神做一次较量。他说自己负过11次伤，但这只是他能数得出来的。

张仁初，一个让死神望而却步的人。

砸掉门牙送情报

精神的力量系列丛书

初心的力量 ★

　　江西兴国县的一个小山村，村口耸立着一座碉堡，碉堡前面是荷枪实弹的哨兵，在严格盘查来往行人。说是盘查，还不确切，看见青壮年，不盘也不查，接着就抓起来。有个教书先生走过去，没等他开口，哨兵的头目说："读书人，不是土匪就是通匪，抓起来！"教书先生立时就被按倒在地，五花大绑，任凭他喊冤，还是被抓走了。

　　1934年秋天，白色恐怖笼罩着江西老革命根据地。对被"赤化"了的地区，白匪们疯狂叫嚣："石头要过刀，茅草要过火，人要换种。"他们见人就杀，见房就烧，村村修碉堡，路路有岗哨。老百姓能跑的都跑了，没来得及跑的就待在家里，连门都不敢出，所以盘查哨一天也见不到几个人。

　　远远地，一个人影出现在哨兵的视线里。

　　那是个老叫花子，瘦得风大一点就能刮倒了。他拄着根树棍，一步一步地挪过来，慢慢地到了碉堡面前。

　　几把枪同时对准了老叫花子，领头的哨兵喝问："站住，干什么的？"

老叫花子吃力地张了张嘴，发出含糊不清的声音，他嘴里的四颗门牙全掉了，一张嘴露出血污，一股恶臭迎面喷来。哨兵们皱了皱眉头，不由地向后退了一步。老叫花子的嘴唇肿胀得合不拢，双腮肿胀得像个馒头，头发又长又乱，像一窝茅草，目光黯淡无神。哨兵问话，不知道他原本就是哑巴，还是嘴肿得不能说话，只从喉咙里发出啊啊的声音。他身上的衣服破旧，一缕一缕的，都挡不住身体。

哨兵头目摆了摆手，厌恶地说："臭要饭的，滚吧，滚！"

老叫花子支撑着，慢吞吞地往前走。在他的身后，领头的哨兵忽然发现他背了一个讨饭的布袋，喊了一声："站住！"

背对着哨兵，老叫花子的眼神突然警觉地一亮。他站住了，当领头的哨兵带人站在他面前的时候，他的目光又变得混沌不清。领头的哨兵用枪指着讨饭袋子，问："这里面装的是什么？"

老叫花子啊了两声。

领头的哨兵说："打开！"

老叫花子打开了讨饭袋，只见里面放着煮熟的野菜、不知道从哪里讨来的馊了的剩饭，还有一根一点肉也没有的骨头，都发臭了。

领头的哨兵用手捏住了鼻子，说："快滚，快滚……"

老叫花子走了，艰难地挪动着脚步，手中的木棍一下一下地落在石板路上，发出单调的声音。

他走了很远很远，像是不经意间回头看了一下，哨兵、碉堡、村落，都远远地甩在了身后。路旁是一片小树林，他三步并做两步跑进小树林，靠着一棵树坐下来，大口大口地喘息着，然后解开了讨饭的袋子，拨开上面的残渣剩饭，下面是一个用油布包得严严实实的小包裹。他长长地舒了一口气。

他是谁？是中共地下党员项与年。

这个月下旬，蒋介石在庐山秘密召开军事会议，在他的德国顾问汉斯·冯·塞克特将军的策划下，在第五次"围剿"的基础上，调整调集兵力，制订了一个彻底"剿灭"中央红军的作战计划。

敌人计划在距红色首都瑞金150千米处形成一个大包围圈，每天攻击前进5千米，就地修筑碉堡工事，在瑞金周围构筑起30道铁丝网和火力封锁线，将红军主力压迫到狭小范围内，用150万大军、270架飞机和200门大炮进行决战。

蒋介石说："这个计划就是做一只铁桶，把红军闷在铁桶里，聚而歼之，所以这个计划就叫'铁桶计划'。"

"铁桶计划"是国民党的绝密文件，然而就在会议结束的当天晚上，"铁桶计划"的全部绝密材料就落到了中共地下党手里。冒险提供情报的是蒋介石任命的国民党赣北第四行署专员。

精神的力量系列丛书 初心的力量 ★

一个人的东征

这是一个人的东征，这是一个人长达一年零九个月的东征。

"就是爬也要爬到延安去！"遭受过土匪的"围剿"，三次误入魔窟，可谓历尽艰难、九死一生，但他初心不改、目标不移。

无论如何，在中国近代革命的光荣史册上，将会永远铭记这样一次东征，将会永远铭记他——红军战士罗明榜。

1936年10月，红四方面军同红一方面军在会宁地区胜利会师。1936年10月下旬，根据党中央和中革军委的指示，红四方面军总部率第五军、第九军、第三十军，共21 800余人西渡黄河。由于敌人强大和处境恶劣，西路军经半年的征战厮杀，付出了重大牺牲。到1937年4月，西路军终遭失败，活下来的一部800多人由李先念等率领转战祁连山，在中央代表陈云的接应下，至新疆后返回延安；另一部900余人在王树声、李聚奎等率领下分散游击，绕回陕北。

1936年10月25日，时任三十二团特务连连长的罗明榜随西路军渡过黄河，开始了中国革命史上极为悲壮的一次西征。这位曾经两过雪山三过草地的红军老战士，由此写下了人生中最为波澜壮阔的一页。

红军西征，无异于在马步芳、马步青等悍匪的胸口插上一把尖刀。远在南京的蒋介石，又岂能容许红军西进连通苏俄红军而做大。在蒋介石的威逼利诱之下，马步芳、马步青率部对深入河西走廊的西路军围追堵截。西部多为沙漠荒原，平沙无边，宜于骑兵作战。马匪的部队多为骑兵，马鸣萧萧，马刀闪闪，对西路军展开了血腥的杀戮。西路军官兵在无根据地做依托，不熟悉地形，又无兵员、物资补充的情况下，不怕牺牲，孤军作战，虽毙伤俘敌约2.5万人，但终因敌众我寡，损失惨重。

三十二团和马步芳部的最后一战在栗园口。1937年3月初的一个血色黄昏，马匪对三十二团形成了"合围"。只听一声呼啸，敌人的马队冲了上来，未等将士端起枪来，敌人的马刀就砍了下来，许多官兵在与敌人的第一次交锋中就丧失了性命。"用大刀，砍敌人的马腿！"面对不断围上来的敌人，全体指战员不畏强敌，浴血奋战。然而，马匪太多了，击毙一批，又冲上来一群。突然，一枚炸弹在罗明榜的身边爆炸，他顿时失去知觉。待他醒来后，他看到身边都是尸体，活着的只剩下他和另外四名受轻伤的战友。

整个三十二团就这样没了！罗明榜抚着战友的尸体痛哭。他们五人想将战友们的尸体掩埋好再走，然而四周全是战友的遗骸，有的没了头，有的没了腿，哪能埋得过来，就让漠漠黄沙作为战友的棺椁吧！罗明榜一行五人向敬爱的战友行了一个军礼，随后沿着河西走廊向东走，去寻找红军大部队。

黑夜，像一张巨大的帷幕笼罩着河西走廊；寒风，卷着戈壁滩的沙砾和祁连山的雪屑，无情地肆虐着。气温降到零下三十多摄氏度，饥饿、寒冷无情地煎熬着他们，但这些阻挡不住他们东进的脚步。他们一行五人艰难地走着，心中只有一个信念：向东，向东，向中国革命的中心——延安。

突然，50多名土匪号叫着围了上来。为了彻底"剿灭"西路军，马步芳、马步青以重赏煽动当地人，说抓住一个红军赏10块大洋。巨大的诱惑使得土匪们格外凶残，他们不顾一切地往上冲，在一片"抓活的"叫喊声中，罗明榜和战友们被包围了。

怎么办？沙漠作战不同于山地丛林，没处躲也没处藏，步兵对骑兵、5人对50人显然处于绝对劣势，集中作战毫无生机。于是，他们决定分头突围。

"战友们，和土匪拼了！打死一个够本，打死两个赚一个！"罗明榜举起驳壳枪几发点射，三个土匪先后应声倒地。这时，又有两个土匪号叫着冲上来，罗明榜正要射击，没想到子弹却卡了壳。眼看着土匪的马刀就要劈下来，说时迟，那时快，他纵身跃上一个土台子，迅即钻进附近的树林里。

罗明榜在树林里一阵狂奔，土匪拼命地追。连日的征战耗尽了罗明榜的体力，加上饥饿，他越跑越没劲儿了，而土匪越来越近。他急中生智，转身举起那支卡了壳的驳壳枪做射击状，只想吓唬一下土匪，没想到枪碰巧被树枝划了一下，嘭的一声枪响，正好击中冲在最前面的一个土匪。土匪立刻勒马收缰，就在土匪犹豫之间，罗明榜翻进山崖，侥幸脱险。

由于各自为战，其他战友是否摆脱了土匪，罗明榜无法得知，他只能在心里默默地为战友祈祷。几分钟前，他们还有五个人，转眼间只剩下他一个了，他怀着满腔的仇恨，继续向东走，开始了一个人的东征。

没有了军号嘹亮，没有了战友陪伴，一个人的东征该是多么艰难啊！所幸，罗明榜一走出沙漠，就进入河西走廊。饿了，吃点草根、树叶充饥；渴了，抓一口雪放进嘴里；困了，却不敢睡觉，担心一旦睡着后就再也醒不过来，只能边走边打盹。一路惊险不断，十多次躲过马匪的截击、围追。

常言道，天无绝人之路。十几天后，就在罗明榜连冻带饿觉得再也无法坚持的时候，遇到一位老太太。他用仅有的一块大洋换了五斤炒面和一身老百姓的破衣服，并藏好没了子弹的驳壳枪，继续寻找红军的征程。

这一天，罗明榜走到甘肃靖远县境内。连日的奔波，他累得实在撑不住了，就在路边的一个草棚里歇脚。只听一声呼啸，军阀部队的几个人围住了草棚子，将他和几个要饭的抓了壮丁，分派到一团二连当兵。

94

这哪儿是军营呀，分明像监狱，营房四周高墙铁网，戒备森严。为了防止抓的壮丁逃跑，就连往外运送大粪，都是从围墙上挖个孔向外倒，倒完粪便再封上。前几天有几个壮丁逃跑未成，被身背鬼头大刀的追兵抓了回来，态度好点的被痛打了一顿，两个不服软的被砍了脑袋。罗明榜岂能甘心为军阀卖命，他观察了几天之后，感到只有向外倒大粪的洞口才是逃跑的唯一通道。

四个月后的一天中午，烈日当空，晒得人昏昏欲睡。吃午饭时，连长喝醉了，呼呼大睡。机会来了！罗明榜借自己轮班往外倒大粪之机，趁人不备从洞口爬了出去。

河西走廊一带不仅军阀横行，而且到处是土匪。为了避免再次被抓的厄运，罗明榜不敢走大道，专找人烟稀少、道路难行的地方走。谁知，罗明榜走到甘肃会宁县境内时，又一次被抓了壮丁。

这是异常荒凉的一座土山，山上没有树，稀稀拉拉地长着一些茅草，偶尔有几墩灌木丛。"站住！穷要饭的，跟我们当兵去！"这一天，衣衫褴褛的罗明榜被国民党军抓了壮丁，被强行带到三连当兵。让罗明榜万万没有想到的是，在同一个排的士兵中，他遇到了自己过去的勤务兵。那个勤务兵始终装作不认识罗明榜，只是偶尔朝罗明榜点点头，那意思是说："老连长，放心吧，我不会出卖你的。"

罗明榜一直在寻找逃跑的机会。20多天后，三连去外面施工，罗明榜在运料途中趁人不备逃脱了。

从会宁逃脱后，罗明榜继续向东走。他装扮成要饭的，饿了就向老乡讨口饭吃，困了就找个破庙或者瓜棚睡一觉。他走到泾原时，不幸又被国民党胡宗南的七十九团抓去当兵。

七十九团的营区防卫更加森严，周围扯着电网。"再严我也要想办法逃出去！"在一个风雨交加的深夜，罗明榜利用站岗的机会，冒着生命危险从电网下边向外爬。他极力降低身体的高度，边爬边用手挖地，等爬出来的时候双手已鲜血淋漓。

又一次逃出虎口后，凭着坚定的信念和顽强的意志，罗明榜一直向东走，终于走到了陕西境内的保安地区。

1938年12月，一个艳阳高照的日子，罗明榜来到一个小村庄的村口。村口静悄悄的，偶尔传来几声狗吠。正当他四处张望着想找个人问路时，突然身后传来一声喝问："站住！干什么的？"罗明榜看见面前的这个人带着红袖标，握着梭镖，知道自己终于到家了，泪水立刻涌了出来，他泣不成声地说："我可找到家了！可找到家了……"

历尽艰辛，饱尝苦难，在辗转奔波了一年零九个月后，罗明榜终于结束了一个人的东征。

站着死的红军战士

眼看着就到雪山顶了，可是爬起来却总也到不了。山太陡，前面大批红军队伍走过，雪路变成冰路，很滑。一只脚踩实了才能挪动另一只脚，一不小心，脚底下打滑，就会向山下滑去，那就前功尽弃了。

红军战士赵天明个子不高，体重轻，很灵活，又是山区里的放羊娃，爬山是家常便饭。让他生气的不是累，而是老天爷翻脸不认人。在山脚下，大太阳烤着，浑身冒油汗。到了半山腰，鹅毛大雪铺天盖地，单薄的军衣刚刚被汗浸湿了，这会儿变得像铁片一样，又冷又硬。再走一会儿，雪停了，突然下起了冰雹，核桃大的冰雹砸得人躲没地方躲，藏没地方藏，只有用双手护住脑袋。冰雹停了，眼前一片雪白，眼睛都睁不开。

赵天明就是在这时候发现大个子病员的。

赵天明隔得很远就发现前面有一块黑色，他盯着看，眼睛就好受多了。走到跟前，他发现一个红军战士坐在地上，腿伸出去，很长很长。赵天明一看就知道这是个大个儿。那黑黑的一团是他的头发，雪花落到头上，随即就化了，头顶上冒出了水蒸气。赵天明心想：这个大个子，火力真旺。

赵天明说："大个子，快走啊。"大个子微微摇头。赵天明一看，他的脸很红，一摸他的头，烧得烫人，怪不得他的头发能把雪都融化了。

赵天明说："你发烧啊，快起来，上级说，雪山上是不能坐下的，坐下就冻僵了。"

赵天明拉住大个子的手，看得出，大个子被感动了，他拄着木棍，摇摇晃晃地站了起来。赵天明想安慰大个子，但是他又想，雪山空气稀薄，说一句话要费很大的力气，还不如把这力气留着帮助大个子呢。他比画着，让大个子在前面走，他在后面推。两个人就这样，又上路了。

赵天明弓着腰，两只手推着大个子的后背。大个子拄着木棍，一步一步地向前挪。大个子比赵天明足足高出一个脑袋还多，赵天明心想：这家伙肯定是个机枪手。

走着走着，赵天明怎么推也推不动大个子了，大个子又慢慢地坐了下来。赵天明扶住了他，说："大个子，坚持。"

大个子无力地摇摇头。

赵天明说："坚持，啥子叫坚持？就是能走一步就不走半步。"

大个子吃力地挥挥手，那意思是说："我不行了，你走吧。"

赵天明突然发火了，骂道："你白长那么大的个儿，你是红军吗？红军战士死都要站着死，走着死，你爷老子白给你两条长腿。"

赵天明有一肚子骂人的家乡话，都想扔给大个子，但是他骂了两句，就喘不过气来了。只见大个子的脸色由红转白，又由白转红，脸上的血像要渗出来一样。大个子忽然站了起来，把木棍的一头伸给了赵天明。

赵天明一愣，马上明白了，拉住木棍说："雪山救人，后推前拉，我们刚才后推了，现在改前拉吧。"

赵天明用木棍拉着大个子，向山顶攀登。大个子脚底下好像有了力气，赵天明拉着他，感觉轻松多了，他们终于到了雪山之巅。

赵天明是个嘴巴闲不住的人，他一边拉着大个子走，一边说："一坚持我们不就上来了。你看这儿多美啊，山是白的，云彩是白的，国民党的飞机都飞不到的地方，就踩在我们红军的草鞋底下。大个子，你说……"

忽然，赵天明手中的木棍拉不动了。赵天明回过头去，发现大个子直直地站立着，脸色变得苍白，大片的雪花飘落下来，不一会儿，他的头发、眉毛全白了。赵天明扔下木棍，扑了上去，喊道："大个子！"

大个子像一根僵直的木棍向下倒去，他的一只耳朵掉落在雪地上。赵天明和战友们将牺牲的大个子放进雪坑，在用雪掩埋他的时候，一个战士忽然喊起来："这是谁的脚趾，谁的脚趾掉了？"赵天明看见雪地上有两个像刀切下来一样的脚趾头。

赵天明的双脚已经麻木了，他不知道那两个脚趾是不是自己的，他甚至顾不上低头看一下自己的脚，他的眼前仍然是那个站立着的大个子。在雪山之巅，一位不知名的红军战士牺牲了，他是站立着死的，他比雪山还高出了一截。

草地上长眠着最小的红军

　　她是一个普通的红军女战士，因为怀孕，她享受着普通战士享受不到的待遇。这是一支转运伤病员的队伍，即将分娩的她是其中一员。整天打仗、无休止的行军，红军队伍里伤病员的数量不断增加。他们这支队伍，人手越发显得紧张，即便如此，组织上还专门安排了一位女红军负责照料她。全队最后一口热水留给她喝，最后一粒粮食留给她吃，就连吃野菜，战友们也给她挑最嫩的。在一条小河旁，她感到肚子里的小生命要来到这个世界了。战友们用树枝搭起了一个临时帐篷，两个小时后，新生儿的啼哭压倒了枪炮声。虽然环境艰苦而严酷，但战友们还是像过节一样欢迎一位小红军战士的面世。

　　秋高气爽，天很蓝，草地碧绿。在战争面前，大自然依然显示出顽强的生命力和无尽的活力。战友们钓鱼的钓鱼，烧水的烧水，把伤员用来洗伤口的盐巴捏了一点，放进锅里，一碗散发着鲜香的鱼汤端到了她面前。她把脸紧紧地贴在婴儿的小脸上，这时候她想到了婴儿的父亲。他也是一个普通的红军战士，她不知道他现在在哪个队伍，甚至不知道他现在是死还是活，但是她知道，无论在哪儿，他都会为爱妻爱子祝福。

她知道红军的惯例，对不合时宜来到人世间的婴儿，都是在当地找一户靠得住的人家，留下姓名，留几块大洋，说好了等着革命胜利再来相认。可现在是一望无垠的草地，别说人家，就连兔子窝也找不到一个。她参加革命，是为中国人民的解放事业奉献力量的，她有许多工作要做，那么多伤病员需要她去照顾，需要她去转运，她不能成为革命的负担……

队伍里有几个党员，很隆重地开了一次党员大会。孩子是革命的后代，是革命的火种，是革命的未来。孩子来到这个世界上，就是红军队伍中的一个兵。党员大会决定：一名女同志专门照顾她，再抽调四名同志轮流抬担架。两名男战士把自己的裤腿撕下一块，洗得干干净净，给小红军做尿布。战友们指着身上褴褛的衣服，对她说："尿布不够用了，我们还有，我们还多得是。"这一刻，她泪流满面。

草地上的夜，寒冷、黑暗而又漫长，她紧紧地搂住孩子，她不知道明天将会怎样，但她现在、此刻，在享受着做母亲的幸福。她不知道是不是梦，她看见了许多年以后，在一个炊烟袅袅的山村，她和丈夫在田里劳作，田埂上无忧无虑玩耍着的是他们的孩子，就是现在躺在她怀抱里的婴儿。

帐篷外，辛苦了一天的战友们背靠着背睡着了。忽然，她听到远处传来隐隐的雷鸣声，经验丰富的她立即觉察到是飞机，敌人的飞机。外面还有伤员，还有战友，她放下孩子冲出帐篷。很少夜袭的敌机发现了部队宿营的篝火，炸弹扔下来，轰轰地响成一片，她眼睁睁地看着一直负责照料她的战友倒了下去。她和幸存的战友一起，不顾一切地救治着担架上的伤员，草地上火光一片。又一阵狂轰滥炸，敌人的飞机飞走了，突然传来婴儿的啼哭声，她猛然回头，那个小小的帐篷已经燃起了熊熊大火。

"孩子！我的孩子！……"

她不顾一切地扑向帐篷……

天亮了，红红的太阳再次升起，队伍出发了。她孤零零地站着，面前一座孤零零的小坟。她拿起烧焦了的树枝，用在红军队伍里学会的字，歪歪扭扭地在小坟前写上："红军小烈士之墓。"

她转身，追赶着自己的队伍。

红军小烈士之墓

长征路上不掉队

姜秀英是个藏族女红军，9岁就当了土司家族的丫头。14岁那年，她从土司家族逃了出来，把长辫子一剪，腰上扎了一根草绳，就到通江城要求参加红军。

红军宣传员把她带到了连队，给了她满满一碗白米饭，姜秀英边吃边掉眼泪："当兵才能吃饱饭，才像个人样啊！"女扮男装的姜秀英被分到了战斗连队，很快，战友们发现这个皮肤挺细的小同志跟他们不一样，一说话就脸红，上厕所都是一个人偷偷摸摸地去。

一天，一个红军大姐把姜秀英拉到一边："跟我说实话，你是女的吧？"看着这位英姿飒爽的女红军，她点点头。于是，姜秀英被调到后方总医院当护士。

长征开始后，姜秀英被编入妇女独立团参加战斗。尽管枪比人还高一截，但她的枪法很准。男同志能做的，女的也能！爬雪山的时候，姜秀英的脚先是被冰雪冻坏，后在金川一次敌机空袭时，脚又踢在石头上造成骨折，疼痛难忍。部队经常要行动，而且很快要北上。她着急了，因为她曾发过誓，如果走不动，就是爬也要跟着红军走。姜秀英前思后想，暗暗下了决心。她从老百姓家中借来斧头，咬紧牙关，忍着痛，举起斧头将溃烂的脚趾砍掉了。剁掉脚趾，揪心的痛。为了消毒不致感染，她又忍着剧痛，用盐水清洗，然后用破布紧紧地包扎起来，压迫止血。为强忍伤痛，她咬破了嘴唇，不叫出声来。

6月下旬，部队重返草地。她拖着伤脚，拄着拐杖，一步一步跟着部队向前挪动，疼得厉害时，就只好爬着匍匐前进。为了不掉队，她不停歇地侧身爬，遇到敌人，就躲进草丛中。

干粮快要吃完的时候，姜秀英捡到一块骨头，支撑着她走出了草地。饿的时候，拿到火上烤一下，刮点粉下来吃。姜秀英至今也不知道那究竟是什么骨头。

凭着刚毅的意志，她终于走出了雪山草地。

很多年了，姜秀英老人总做同一个梦，梦见自己"使劲跺脚趾"。"这是长征留下的精神后遗症，哈哈！"姜秀英说，"但我没有掉队！"

精神的力量系列丛书

初心的力量

不倒的战旗

战斗打响了，面对负隅顽抗的敌军，连长袖子一挥，抽出了背上的大刀，喊了一声："同志们，冲啊——"冲锋号响起来，冲在最前面的是打旗兵罗应怀。他高高举起红旗，嘴里喊着"冲啊——"，冲向敌人阵地。全连跟着高高飘扬的战旗一起冲了过去，打旗兵罗应怀则成了敌人攻击的重要目标。机枪、步枪，子弹刮风一样地扫了过来，战旗被打了好几个洞。

罗应怀跑着，忽然，腿部像被重物撞击了一下，一条腿抬不起来了，他低头一看，大腿上出现了一个弹洞。敌人的一发子弹打过来，碰巧打在他的子弹袋上，被子弹袋里面的子弹硌了一下，子弹一跳，钻进罗应怀的大腿里，没有伤着骨头。创口里，罗应怀能够看到那个子弹头。这时候部队在冲锋，打旗兵不能倒下，他眼一闭，手指探进伤口，一阵钻心的疼痛，子弹头被他硬抠了出来。他把带血的子弹头一扔，随着冲锋号声，冲向敌人的阵地。

中国古代军队中都有"掌旗兵"，一个一个的都是挑选的身壮力强的勇士。掌旗兵的大旗挥向哪儿，部队就冲向哪儿。红军时期，有很多部队延续了古代军队的这一传统，不过不叫"掌旗兵"，叫"打旗兵"。

红四方面军每个连队都有这样一名打旗兵。打旗兵双手高高地擎着一面红旗，冲锋的时候冲在最前面，红旗就是命令，红旗飘到哪儿，部队就打到哪儿。只要红旗不倒，这个连队就在。打旗兵成为连首长指挥手段的一个重要部分，同时也成为敌人火力攻击的重要目标。

罗应怀当打旗兵时才15岁。

他冲上阵地，敌人的又一发子弹打来，罗应怀的一只手掌被洞穿了。罗应怀紧握旗杆的手没有松开，鲜血顺着旗杆流下。一颗手榴弹爆炸了，一块弹片崩在他的另一只手掌上。他不知道疼痛，两只手都失去了知觉，但他始终紧握战旗，高高举起。战旗不倒，精神就在，胜利就到来了。

战斗结束后，罗应怀被送进医院，一只手被打成了两截，由于医疗条件的限制，没有接好，手短了一块，另一只手也残废了。

后来，罗应怀离开了打旗兵的战斗岗位，成为新四军的一名优秀指挥员。在红四方面军和罗应怀一起担任打旗兵的战士，没有一个活到革命胜利的那一天，罗应怀成为唯一的一位。

有枪的留下　没枪的跳崖

"有枪的留下，没枪的跳崖！"

没有人知道这道命令是谁下的，只听见有人嘶哑着喊了一嗓子。这一嗓子，山被震撼了，人被震撼了。这是一道在战争史上绝对可以称之为残酷的命令，更残酷的是这道命令得到了执行，最残酷的是执行这道命令的有妇女，有儿童，有老人。

1942年5月，日寇纠结3万兵力对八路军指挥机关、后勤，华北《新华日报》，工厂等非作战部队进行"围剿"。在山西辽县十字岭，数千名八路军首脑机关和勤杂人员被2万日军包围，担任掩护任务的八路军战斗部队只有300人，300人抗击日军2万人的进攻，整整十几个小时。部队分散突围，没有成功。面对漫山遍野端着刺刀逼上来的日军，就听到了这一道命令："有枪的留下，没枪的跳崖。"

华北《新华日报》工作人员黄君珏有枪，一把小手枪，三发子弹，这是最"绅士"的配置。三发子弹，两发送给敌人，一发留给自己，这是不成文的规定。她和译电员王健、医生韩瑞隐藏在顶峰的一个山洞里。敌人不敢贸然进洞，晚上，在洞口点燃了大堆柴草，滚滚浓烟涌入山洞，熏得三人睁不开眼、喘不过气。

与其让敌人熏死、烧死，不如冲出去和敌人一拼，靠近洞口的黄君珏第一个冲了出去。洞口是熊熊大火，她冲出火堆，向猝不及防的敌人开了两枪。她亲眼看着一个鬼子倒下，其余的鬼子端着刺刀冲上来。黄君珏的手枪对准了自己的心脏，扣动扳机……第三颗子弹是哑弹！

敌人没有开枪，端着刺刀逼近，仓皇的敌人甚至连钢盔都摘下来了。黄君珏看到了敌人脸上凶残的狞笑，她一步一步地向后退去。她知道后面就是万丈悬崖，她在执行一道庄严的命令："有枪的留下，没枪的跳崖。"

黄君珏猛然转身，面对悬崖。她先把手枪扔了下去，就在鬼子的枪刺即将刺向她后心的刹那间，黄君珏纵身跳了下去。

山洞里，被烟熏得失去知觉的王健、韩瑞被敌人残酷地杀害了。

黄君珏的身子疾速地向崖底坠落，在她对面的一个山洞里，一个男人眼睁睁地看着黄君珏坠落的身影，他伸出双手，想要接住黄君珏，但他距离山崖足足50米。他将伸出的双手狠狠插向洞口的泥土，紧紧地攥着。他叫王默磬，是黄君珏的战友、丈夫，也是华北《新华日报》的工作人员。因为受伤，他隐藏在这个山洞里，借着火光，他看到了爱妻纵身跳下悬崖的悲壮一幕。但是他却无能为力，他的双手紧紧地抓住泥土，眼里没有泪水，只有怒火。

夜，皓月当空，敌人已经寻找不到杀戮的对象，后撤了。王默磬不顾伤痛，爬上了妻子黄君珏跳崖的地方，找到了黄君珏。爱妻的身上竟然没有血迹，她侧身躺着，犹如睡着一般。黄君珏刚刚度过了她的30岁生日，由于忙于华北《新华日报》的工作和粉碎敌人

精神的力量系列丛书

初心的力量

★

的"扫荡"，生日那天，夫妻俩都没有见上一面，王默磬甚至没有机会对爱妻说一句祝福的话。王默磬抱着黄君珏，找到一处土质松软的地方，用双手挖了一个坑，掩埋了她。他怕被敌人发现，没有掘土成坟，只在黄君珏的长眠之处摆上了三块石头，这是王默磬送给爱妻的唯一的生日礼物。

战后，王默磬给黄君珏的父亲黄友郢写信，诉说了当时的情景："夜九时，敌暂退，婿勉力裹伤蛇行，潜入敌围，爬行至该山，时皓月正明，寻到遗体，无血无伤，服装整齐，眉头稍锁，侧卧若熟睡，然已心胸不温矣。其时婿不知悲伤，不感创痛，跌坐呆凝，与君珏双手相握，不知所往，但觉君珏亦正握我手，渐握渐紧，至不可脱！迨山后枪声再起，始被惊觉，时正午夜，负遗体至适当地点，以手掘土，暂行掩埋……吾岳有不朽之女儿，婿获贞烈之妻，概属民族无上之光荣。"

"有枪的留下，没枪的跳崖。"黄君珏只是其中之一，在那场惨烈的战斗中，到底有多少八路军战士、工作人员、老人、妇女、儿童跳下了悬崖，没有一个准确的数字。他们用不屈的灵魂，为共和国筑起了又一座丰碑。

为了把红旗插上主峰

在中国人民革命军事博物馆里，珍藏着一面具有特殊意义的红旗，它虽不起眼，却记载了一段光辉历史——它是中国人民解放军解放一江山岛时插在最高峰203高地上的红旗。

一江山岛，东南距大陈岛16.6千米，西北距大陆30千米，北距头门山9千米，是浙中海平面上大陈列岛、渔山列岛的门户，当时上面共有国民党驻军1000多人。

1954年7月，中央决定进行三军联合作战，解放一江山岛。8月，参战部队开始了紧张的三军演练。

1955年1月16日，浙东前线指挥部决定1月18日发起登陆作战。17日晚，第一七八团举行了誓师大会，团政委杨明德宣布："由二营五连担当突击任务，把红旗插上203高地！"随后为五连授旗。

五连连长毛坤浩代表全连接过这面旗，并当场宣誓："誓死要把红旗插在一江山岛主峰203高地！"

会后，五连战士群情激昂，他们将一封封决心书、保证书递往政治机关，并纷纷表示，要为伟大的祖国争光，为人民立功。

1月18日上午8时，战斗打响。空中的飞机、海上的炮弹一股脑儿往一江山岛上倾泻，国民党的阵地顿时被硝烟遮住了。

这天一早，五连官兵就全副武装上了登陆艇。下午1时，指挥舰传来了起航的军号声，登陆部队出发的命令到了。

"同志们，要看咱们的实际行动啦！"连长毛坤浩喊道，只见舰艇飞一般地驶出港湾，向一江山岛冲去。

舰艇离敌人越来越近了，连长毛坤浩和指导员洪阿毛率领全连做好了战斗准备。身穿蓝色海军服的海军战士在船头向滩头射击，掩护陆军战友向滩头阵地冲锋，登陆艇的大门打开了。

"冲啊！"连长毛坤浩带领战士们以迅雷不及掩耳之势冲上滩头。他端起冲锋枪，第一个冲上了第一道战壕，后继部队随之向前迅速推进。经过一番厮杀，占领滩头阵地成功了，红旗在乐清礁飘扬！

毛坤浩满心喜悦地打了三发红色信号弹，向指挥部汇报胜利喜讯。前指司令员张爱萍得知消息后，用报话机向五连表示祝贺。

全连官兵士气高昂，向203高地展开进攻。转眼之间，203高地的前沿支撑点被攻占了。然而，由于受到敌人的猛烈炮火拦截，五连进攻受阻。

连长毛坤浩不幸头部中弹负伤，但他不顾战伤，高举着红旗冲在最前面。战士们看到红旗直上主峰，顿时士气大振，喊着响亮的口号，互相鼓励着前进。连长手里的红旗给战士们增添了前进的动力。

很快，战士们冲到了高地的前沿。

大家紧紧地护卫着这面红旗，前仆后继，一个个抢着向前冲。

敌人负隅顽抗，子弹掀起的烟尘包围了整个高地。突然，又一颗子弹击中了连长毛坤浩，红旗跟着倒下了。不一会儿，只见通信员陈寿南举起了红旗，朝着山顶冲去。他一会儿扑倒，一会儿跳跃，终于把红旗插上了主峰！

　　一江山岛战役，是解放军第一次陆、海、空三军联合作战取得胜利的战役，实现了从单一军种作战到诸军种联合作战的历史性转变。这面具有历史性意义的红旗在中国人民革命军事博物馆，被作为一级文物永远珍藏。

永远和党在一起

　　黎秀芳的一生留下了很多让人羡慕的称呼和荣誉称号，但让人们为之动容的是她永远和党在一起，用自己的一生来回答什么是"共产党员"这一称号。如果说她的人生是一首歌的话，那这首歌将是我们永远传唱的。这首歌里描绘着黎秀芳一生的光荣与梦想、忠诚与坚贞。

　　1938年1月，在长沙湘雅医学院里，黎秀芳第一次聆听了共产党人吴玉章的演讲，当听到吴玉章向年轻人疾呼"到西北去，到延安去，保卫我们的大后方"时，黎秀芳的心灵被深深地震撼了，她感到中国共产党才是真心救民族的组织。从此，这番话像火种一样埋在了黎秀芳的心里。后来，她收到了老师夏德贞的信，才知道大西北更需要护理人才，于是黎秀芳和同学张开秀一起，不顾家人的阻拦，辗转千里来到兰州，并在她参与筹建的国立中央医院附设高级护士学校担任校长。很快，兰州解放了，黎秀芳没想到解放军在接管学校后，还是继续让她担任兰州高级护士学校的校长，其他同事也全部留校留任，党的信任让她非常感动。当时的兰州刚刚解放，各种物品极其短缺，解放军官兵却自己吃粗粮，把剩下的少量大米、白面全部送给了医院的伤病员和知识分子……黎秀芳看在眼里，记在心头，眼前的一切与国民党的腐败无能形成了鲜明的对比。此时，黎秀芳对共产党充满了敬仰和深深的向往，并由此开始了长达26年的不懈追求。

1950年底，黎秀芳在北京参加表彰大会时，见到了敬爱的周恩来总理，周总理亲切地对黎秀芳说："西北需要人……"总理激励的话语，更加坚定了黎秀芳一生跟党走的信念。她第一次郑重地向党组织递交了入党申请书。当时，由于她的家庭背景和海外关系，黎秀芳的入党之路遥遥无期，但她对党的信仰却丝毫没有动摇过，她只有用工作成绩来说明对党的忠诚。在后来的几年间，黎秀芳被评为西北野战军"甲等工作模范"，并多次立功。

1956年1月8日，黎秀芳第二次递交了入党申请书。历史有时也会有意地去考验一个人的意志，1968年7月10日，黎秀芳在一次批斗过后，写下了第三份入党申请书。黎秀芳的信念更加坚定，因为她的心里一直在追求真理，而这个过程就意味着艰辛和坎坷。1975年8月1日，黎秀芳选择在建军节这天向党组织递交第四份入党申请书。尽管她不知道结果如何，但她就想在这天向党表达自己的心愿。1977年6月21日，黎秀芳恢复了工作，有关领导问她有什么要求时，她立即递上了刚刚写好的第五份入党申请书，哽咽地说："我的请求就是入党。"没过几天，黎秀芳在1977年7月1日又向党组织递交了第六份入党申请书。

1978年9月3日，一次次申请入党的黎秀芳终于实现了自己的夙愿，党组织正式批准她为中国共产党党员。为了实现自己的追求，她奋斗与期盼了整整26年，从满头的青丝一直追寻到两鬓白发，黎秀芳此时的心情无法用语言来形容。61岁的黎秀芳站在鲜红的党旗下，激动不已，满怀深情地说："生我是娘，教我是党，我最大的愿望就是加入中国共产党。"入党后，黎秀芳为了党的事业更加努力地工作。

20世纪80年代，黎秀芳从自己的岗位上退下来后，仍然不忘积极地履行党员义务，还到全国各地作了上百场报告，坚贞的信念支撑着黎秀芳一生追求真理，追求党的事业。她怀着对党的坚定信仰，全身心地投入到党的事业，用自己的实际行动来报答党的关怀和培养。在黎秀芳生命的最后时刻，她向组织提出的唯一请求是："我死后，请把党旗盖在我身上，我要永远和党在一起。"这位有着坚定理想信念的老人，怀着对党、对祖国、对人民的无限忠诚，为了党的事业走完了光辉灿烂的一生。

后 记

百年征程波澜壮阔，以史鉴今不忘初心。

红色故事和革命故事是红色基因和中国精神的有效载体，其中凝聚着中国精神的力量。记录好红色故事和革命故事，既是传承的需要，也能带来奋发向上的精神启示。为此，我们组织人员精心编写了这套《精神的力量系列丛书》。本丛书搜集整理了150余篇红色故事和革命故事，因所选资料时间跨度大、空间范围广，且有些经典故事几经流传，已深入人心，印刻在人们的脑海里，虽然进行了再度创作和编写，有些段落和情节难免出现雷同。期待该丛书出版之后，读者可以从这些红色故事和革命故事中汲取智慧和精神力量。

由于时间紧迫，书中难免存在疏漏或不妥之处，敬请广大读者提出宝贵意见。

编 者

2021 年 8 月